転生してから40年。そろそろ、おじさんも恋がしたい。2

JN101898

転生してから40年。そろそろ、おじさんも恋がしたい。

2

清露
Seiro

Illustration
ぎうにう
Giuniu

あらすじ

転生してから40年――。

ギルド長ジロルドは、今まで恋愛をしてこなかったことにふと気付き焦りだすが

二人の美少女リリィとアリシアに告白されて人生が一変!!

猛アピールされる中、街にあるダンジョンが突如変異し

アリシアが閉じ込められていると聞くと

彼女こそ愛すべき人だと気付き命を賭け救出するのだった。

ジロルド
転生者で、〈塔の町〉にあるギルドの長。仕事は出来るしめっぽう強いのだが恋愛経験ほぼゼロ。

アリシア
若くして人気、実力ともに国一番と称される冒険者。何年も思い続けたジロルドと結ばれた。……かに思われたが？

リリィ
王都出身のギルドの受付嬢。強面で近寄りがたかったジロルドの内面を知り、好意を寄せる。

スズ
岩人《ドワーフ》の冒険者。小悪魔のようにジロルドをからかうが彼の魅力に気付き告白する。

プロローグ

扉が開かれると眩《まばゆ》いばかりのフラッシュの数々に襲われた。

ダンジョン内で目眩《めくら》ましのために使う閃光弾とはまた違う趣《おもむき》があった。間断なく注がれる白い光に目を細めつつ、俺は一歩ずつゆっくりと進んでいく。

隣を歩くのはアリシアである。

彼女は星々が姿を隠した夜のような品のある黒のロングドレスを着用していた。アリシアの乳液《ミルク》を垂らしたかのような白い肌がより際立っていた。

そしてスッと真っ直ぐに伸びた背筋は彼女の立ち姿、歩き姿を美しく見せる。

威風堂々たるアリシアはその黄金の髪を後ろで一つに束ねて、今夜は後頭部に巻きつけるようにしていた。彼女を担当したスタイリストが言うには、これが王都で流行りのスタイルらしい。

その透き通った碧《あお》い瞳が会場内に視線をチラチラと向ける。

「すごい、ですね……」

やや気圧《けお》されたような口調で、俺にだけ聞こえるようにアリシアは言った。

「まあ、本部主催のパーティーだしな。参加している方々も王都の有力貴族や大商人といった上流階級の人々だから」

エントランスに入ってすぐに目を引くのが、巨大なシャンデリアである。

豪奢《ごうしゃ》の一言ではあるが、その輝きはまるでパーティーの煌《きら》めきそのもののように思えた。

出席している者達は皆、華やかに着飾っていた。

男達は黒のタキシード姿で、女達は目にも色鮮やかなドレスを着ている。

そんな彼らの注目は、やはりアリシアに集まっていた。

アリシアの一挙手一投足が見られている。

「……少し息苦しさを感じます」

「仕方がない。それがパーティーというやつだ」

「冒険者稼業の人間としては、あまり好きではないですね」

赤色の絨毯を俺たちはゆっくりと踏みしめつつ、今夜のパーティーを主催した冒険者ギルド本部の本部長がいる奥のスペースへと向かう。

「……だから行く必要はないって言ったんだ」

「それはジロルドさんが飛竜船《ワイバーンヴィークル》に乗りたくなかっただけですよね」

「むっ……」

それを言われると返す言葉がない。

エントランスを抜けるとパーティーの名前が記された立て看板が見えた。

黒インクで記されたその名は『女冒険者アリシア嬢のダンジョン変動生還を祝して』という陳腐

なものであった。まさにギルドの仕事っぷり。洒落を利かせるつもりはないようで。

かくいう俺も冒険者ギルドの一員ではあるけれども。

「でもまあ、スズさん達は楽しんでいるみたいですし、来て良かったんじゃないですか？」

アリシアの言うとおり、俺たちの後から会場入りしたスズさんとリリィさんがいた。二人とも他の参加者に負けないくらい着飾っている。普段の二人を知っている者としては、その変化に見惚れずにはいられない。

特にリリィさんはどこぞのお嬢様のような雰囲気を漂わせている。

いつもは冒険者ギルドの受付に立っているとは思えない、まるで水面に咲く睡蓮の花のように気品があった。

俺の視線に気がついたのか、リリィさんが楽しそうに微笑んで、他の誰にも気付かれないように小さくこちらに向かって手を振った。

「………………」

「見つめ過ぎですよ、ジロルドさん」

「えっ、何が？」

「もうっ……」

俺たちは今、王都で開かれているアリシアがダンジョン変動から生還したことを祝うパーティーに参加していた。

事の始まりはちょうど半月前に遡る。

第一章　ギルド長、王都へゆく

「次の報告です」

冒険者ギルドの執務室。

俺は自分の椅子に深々と腰掛けて、秘書から各種の報告を受けていた。

「えー、王都の本部より冒険者の招待状が届きました。アリシア氏です」

「……なるほど」

「どうされますか？」

俺は小さくため息をつく。

この国の冒険者ギルドの元締めは王都・水晶宮《クリスタルパレス》にある冒険者ギルド本部である。その本部は様々な役割を担っているが、その一つとしてギルド運営資金の確保がある。

各ギルドは基本的に冒険者に対して依頼を出したり、ダンジョンでのドロップアイテムを買い取ったりと、冒険者相手のビジネスで収支を生み、その利益によってギルドを運営していた。

しかし、それだけだとギルドの更なる発展は見込めない。

そう考えた本部はトップレベルの冒険者が、社会的な地位を得られるようになると彼らを客寄せパンダにした集金パーティーを開催するようになったのである。

これが実際、大当たりで一回のパーティーで地方の小規模ギルドの年間収入に匹敵する額を集めることが出来た。

「パーティーのお題目は？」

「『アリシア嬢のダンジョン変動生還祝賀パーティー』です」

「王都の老人どもが考えそうな名前だな」

しかし、冒険者を見世物にするようなパーティーである。

俺としてはあまり好感を持ってはいない。

ただ、そういう活動をすることで冒険者ギルド本部が大貴族や大商人達と繋がりを持ち、力を蓄えていくことを否定することは出来ないだろう。

おかげでギルド運営の自治権は確保されているのだし。

「どうしますか、断りますか？」

「……とりあえずは打診してみるとしよう。我々だけで判断は出来ない」

アリシアにとってこれは初めてのパーティーの打診である。

彼女は王都で発行されている雑誌の表紙を飾ったこともある程度には、有名な冒険者であった。

実績はもちろん、その自然な美貌は虚飾にまみれた王都でこそ一段と輝くものである。耳目を集めない訳がない。

そんな彼女が生還はほぼ期待できないダンジョン変動で生きて戻ってきたのだ。

ちょっとしたパーティーのお題目になって当然だろう。

「わかりました。あとスズ氏でしたっけ？　アリシア氏と共に生還した彼女も呼ばれています」

「ほう……」

本部の気まぐれだろうか？

「それと、これは可能ならばという注釈付きなのですが」

「ん」

「アリシア氏がダンジョンから生還してきた時に同行していた謎の仮面の冒険者も連れてくるように、とのことです」

「……無理だな」

「ですよね」

俺は表情こそ保つことは出来たが、服の下には嫌な汗がブワッと吹き出ていた。

謎の仮面冒険者の正体であるところの俺は、何気なさを装いつつ訊いた。

「仮面の冒険者はあれから姿を現していないんだろ？」

「はい」

「だったら、無理だろう」

「ギルドに顔を出す冒険者にも一応確認していますが、ダンジョンですれ違ったこともないらしいですからね」

「幽霊みたいなやつだな」

「けど、ダンジョン変動の時にアリシア氏と一緒に冒険していたって話していたとか」

「……そ、そうか」

ああ、テキトーなことを口走らなければ良かった。

緊急時とはいえ、もう少しマシな取り繕い方ってのがあったはずだろうに。

まあ、今更な後悔ではあるが。

「それよりも、です」

「ん？」

「仮にパーティーに出席することになればギルド長も付き添いの形で王都へ行かれますよね？」

「あー、そうなるのか」

基本的に冒険者を招いたパーティーを開く際は冒険者が所属しているギルドのギルド長がアテンド役として同行することになる。

パーティーの主役はもちろん冒険者に違いないが、本部主催のパーティーに招待されるような冒険者を輩出出来たことはギルドの名誉にもなる。そして、ギルド長にとっては出世のきっかけにも。

ギルド長、と格好をつけても実態は支店のトップに過ぎない。

冒険者ギルドという大きな枠組みで考えれば、本部に入った方が出世への道に繋《つな》がるのだ。そして、本部に入るためには王都の貴族やら商人やらと何かしらのパイプがなければ難しい。

「……いよいよギルド長も本部へ栄転することになるかもしれないですね」

「栄転か……」

正直な話、あまり興味はなかった。

この〈塔の街〉の冒険者ギルドをよくするために、冒険者たちをサポートするために、今日まで働き続けてきた。結果としてギルド長という役職を与えられているが、それは運が良かっただけのこと。

今日も明日も、俺は変わらず自分の仕事に邁進《まいしん》するだけである。

いやいや。

今は仕事よりも恋について俺は向き合っていきたいのだが……！

「しかし、王都か。遠いな」

「はい。ですので、今回は本部が飛竜船を手配してくれていますよ」

「ん……んんっ？」

「飛竜船ですよ。ご存知ない？」

「いや、もちろん知っているけれども」

空路でいくのか。

え、陸路だと思っていたのだけど。

え、空なの？

……空かぁ。

「そういえば、ギルド長は王都に行くときはいつも陸路で……」

「さてはて、何のことだろうか」

王都に向かう場合、一般的な経路は鉄道を乗り継いで行くものである。大陸を横断する形になるので時間はかかってしまうが、普通の市民でも利用可能な安価な値段で利用出来た。

もう一つの経路、つまり空路であるが、これはほとんど貴族や商会といった金のある人間や組織が利用する方法である。

定期航路というものがなく、飛竜船を運営している会社に連絡して手配する形だ。金はかかるがその分移動のコストは大幅に下がる。王都に行くのであれば、陸路が一週間ほどかかるのに対して、半日もかからずにたどり着く。

忙しい身の人間が利用するものだと考えれば良い。

「招待からパーティーまでの日数がないので、本部は手配したみたいですよ。……ていうか、これじゃあまるでアリシア氏がパーティーに参加するのは既定事項みたいですね」

「そういうものだろ」

王都のパーティーに招待されるのはギルド長にとっても、そして冒険者にとっても名誉な話である。

それを断る人間はそうそういない。

もちろん人嫌いの変わった冒険者はいるにはいるが――。

「まあ、それに今時は鉄道よりも飛竜船の方が安全だと言われるからな。要人を招くなら、飛竜船の一つや二つ手配もするだろう」

「飛竜船は一つあれば十分です」

「……そこ、言及するのか」

秘書のツッコミに俺は乾いた苦笑をする。もしかしたら彼女なりのユーモアだったのかもしれない。

「――次の報告です」

さて、いつアリシアにこのことを伝えるとしよう。

まあ家に帰ればいるんだし、夕食を食べた後にでも話すとするか。

☆

机の上のペンをあるべき場所に戻し、ガラス製のコップの底に残った水を一息に飲み干してしまう。首を回せばポキポキと小気味良い音が聞こえた。

「……今日はここまでだな」

様々な書類がうずたかく積まれた山を横目に、俺は帰り支度を始める。

冒険者ギルドのギルド長という仕事はどれだけ残業をしても終わりが見えてこない。今日だって可能な限り、書類に目を通し、ハンコを押したというのにまだあんなに残っている。そして、明日になればその山に無数の書類が再び積まれることになるのだ。

一体、前世でどんな悪行を積めば、そんな終わりの見えない仕事をすることになるのだろうか。

「ふぅ……」

誰も聞いていないからこそのため息。

それでも小さくするのは、自分がギルド長だからというのもある。

組織のトップ（とはいえ、冒険者ギルド全体から見れば地方組織のトップでしかないが）である俺が憂鬱そうにため息をついていれば、目ざとい職員は何か不穏なものを感じ取ってしまうかもしれない。

危機感というのはいい仕事をするのに必要な要素であるけども、それ以上に無用なプレッシャーを与えかねないというリスクがある。

上に立つ者であれば、軽々にため息なぞ吐《つ》くものではない。

ま、こんな時間までギルドに残っている人間なんて、ほとんどいないのだけど。

宿直として残っている者が数名いる程度だろう。

強張った肩を揉みつつ、俺は執務室の重い扉を開いて、階段を降りて行く。

人気《ひとけ》のない冒険者ギルドのエントランスは、昼間の活気がまるで嘘のように静まり返っていた。

コツコツと革靴の底が階段を叩く音が寂しく反響する。

受付カウンターのあるそこは楕円形にスペースが広がって行く。閉館している今は手前の照明だけがつけられていて、奥の方は光が吸い込まれた静かな闇があった。

「ジロルド上長」

と。

その闇の中から、うっすらと人影が現れ出た。

白いぼんやりとした輪郭が、やがてはっきりとする。

受付嬢のリリィさんだった。

「ん、リリィさんか……こんな時間までどうしたんだ？」

受付嬢というのは基本的に残業をするような職務ではないはずだが。

「上長がお仕事終わるのを待ってました。お疲れ様です」

ころん、と鈴の音が鳴ったような聞いていてホッとするような声音で彼女は言った。

俺を待っていた？

何で？

単純な疑問が頭に浮かぶ。

「一緒に帰りたいな、って思いまして」

そう口にしたリリィさんは、まるで恋する乙女のような微笑みを俺に向けている。

俺が三人の美少女から病院の屋上で好きだと迫られたあの日から半月近くが経過していた。

四十も過ぎてモテ期到来なんてのは物語《フィクション》の世界だけの話だと思いきや、どうやら現実の世界にもあるようで。

この〈塔の街〉で一番の冒険者で昔からよく知っている美人女冒険者のアリシア。

冒険者ギルドの受付嬢をしている愛嬌一杯なリリィさん。

そして、出会い方は最悪だったが俺に好意を寄せてくれている小悪魔系冒険者のスズさん（彼女は俺のことを童貞おじさん呼ばわりするのだ！）。

三人とも俺には不釣り合いな程、美しく可憐な女性であった。

なのに、俺はこの三人から日々言い寄られているという、嬉し恥ずかしな状況なのである。聞く人が聞けば、俺が彼女たちの弱みを握って言い寄られプレイを楽しんでいると勘違いしてもおかしくない、そんな日々だ。

べ、別に楽しんでいる訳じゃないんだからなっ!!

俺にはちゃんと心に決めたアリシアという女性《ひと》がいる。

けれども、事は上手く運ばず、何の因果か彼女たちからの俺へのアピール合戦を受けなければならなくなってしまった。そして最後にはそのうちの誰かを選ばなければならないという……出来レースにも程があるけれど、それはそれで仕方ない。

俺さえ黙っていればリリィさんも、スズさんも、納得することが出来るだろう。少なくともやれる事はやったという気持ちにはなれるはずだ。

だから俺は黙っている。

決して、女の子たちから言い寄られたいなんて軽薄な考えをしている訳じゃないぞ!!

とまあ、そんな訳で、俺を好きだと言ってくれる奇特な女性の一人であるリリィさんは誰もいなくなった冒険者ギルドのエントランスで残業を終えた俺を待ち伏せしていたのである。


どこかあどけなさの残る微笑みを浮かべたリリィさんに、俺は歩み寄る。

「ああ、もう夜は遅い。送っていこう……」

「えへへ、ありがとうございます」

彼女の短い銀髪が揺れた。

私服姿のリリィさんはロングスカートと白いシャツのシンプルな出で立ちである。小物が入ってるであろうハンドバッグを手に、俺の隣に立った。

「行こうか」

「はい」

隣に立てば彼女の小ささが目立つ。

ちょこちょこと歩く様は、まるで小動物のようだが姿勢はよく、膨らんだ胸元が強調されて見える。

俺はリリィさんが歩きやすいように歩幅を縮めた。

「……ありがとうございます。上長は優しいですね」

「ん？」

エントランスホールを抜けて、宿直室の職員に声をかける。そそくさと出てきた彼らは施錠した扉を開錠して、俺たちを外に出してくれた。

外はすっかり夜の世界になっている。

薄く墨を垂らしたかのような黒色の空に、小さな宝石が散りばめられていた。輝く星々の明るさに目を細めつつ、足元の暗さを俺は嘆いてみせる。

「街灯がもっと増えれば良いのにな」

「本当にそう思います」

大通りに面したギルド前の道ですら、そこそこの明るさである。

これが横道にでも入ったらどうなるか。

まったく……この文明の時代に、未だに夜空に浮かぶ月や星々の明かりを頼りにしなければいけないとはな。

石畳の道をカツカツと音を立てながら俺たちは歩いていく。

明るさがないぶん、他の感覚器官は冴えていた。

ふわり香るリリィさんの女性特有の甘い匂いが鼻腔を微かにくすぐる。

香水の匂いか、はたまた彼女自身の匂いか。

年甲斐もなく心がざわつくのを抑えきれないが、表には出ていないようで隣を歩くリリィさんが話しかけてきた。

「家に帰る前に、ご飯でもどうですか？」

「食事か」

「はい。……上長が嫌でなければ」

控えめに言っているが、これは俺が断らないと確信しての言葉だろう。何せ今は俺へのアピール合戦の最中である。彼女の意思は明確で、それを断るとしたら何かしら適当な理由が必要に違いない。さもなければ、俺はリリィさんを拒絶したことになってしまう。好きではないと、言外に示してしまうことになる。それは避けるべきことだ。

だがしかし。

俺の家ではアリシアが食事を作って待っているだろう。

ここでリリィさんとご飯に行ってしまえば、待っているアリシアを悲しませることになるのは間違いない。

さてどうしたものか――。

俺が思案に暮れていると、物陰からサッと煙のように現れ出る人物がいた。

スズさんだった。

今日はバイトをしていたのか私服姿である。

ムチっとした太ももが露わなショートパンツとダボダボなシャツ姿だった。ハンドバッグの代わりに大きなリュックサックを背負っている。何が入っているんだろう？

「リリィちんの考えそうなことは分かってるねん！」

飛び出してきた猫が威嚇するようにスズさんが俺たちの前に立ちはだかる。俺は立ち止まり、隣のリリィさんは驚いたように口元を隠しながら問いかけた。

「スズ？」

「同じ職場だから、一緒に帰ろうって誘うのは処女のやり口ねん！」

「処女！」

「そして、そんな見え透いた手口にまんまとハマるのが童貞おじさんの悲しい宿命《さだめ》なのですん！」

「悲しい宿命とは！」

突然現れて、この酷《ひど》い言い様《よう》である。

俺に対してはまあ……最初からこんな感じではあったから気にしないが、友人であるはずのリリィさんにまで処女のやり口とか言ってしまうなんて。

リリィさんはほっぺたをリスのようにプクプク膨らませてスズさんを睨みつけていた。

「いきなり現れて何よ！」

「チッチチッ。リリィちん、甘いねん。これは恋の戦争ですん。二人っきりになろうとしたって、そうはこのスズ様が許さないねん」

「……自分で様って言っちゃったよ」

以前より傲岸不遜っぷりが増しているような。

睨み合う両者。

スズさんはどうやらリリィさんのアプローチを潰しにきたようである。

しかしこの状況、もしかしたら、渡りに船ではないだろうか……。

「ん、スズさんがいるならリリィさんを送らなくても大丈夫だな」

「あー！　ジロルド上長、そんなこと言っちゃうんですか!?」

俺の家にはアリシアが待っている。

リリィさんと楽しく食事――をするわけにはいかないのだ。

ここは上手く話に乗って、リリィさんをスズさんに押し付けてしまおう。

「いや、だって」

「童貞おじさん、童貞おじさん。リリィちんを家に送るのはどうでもいいけど、ボクとはこの後お付き合いしてもらうねん」

「「何でだよっ！」」

思わずリリィさんと声が被ってしまう。

「童貞おじさんは家に帰っても一人寂しく夕食食べることになるねん。それなら、ボクみたいな可愛くてエッチな女の子とご飯食べる方が幸せに決まってるですやん！」

「それならあたしが上長とご飯を食べたって――」

「処女は黙ってるねん！」

「なっ――スズだって、処女じゃんっ!!」

夜の路上で処女を連呼する少女たち。

……この二人、残念すぎる。

俺はこの場を立ち去るべく一歩、二歩と距離を開けていく。

と、目ざとくスズさんが俺に視線を向ける。

「どこ行くねん、童貞おじさん」

「いや、俺、もう帰りたい……」

「え、上長、さすがにそれはないですよ」

「女の子二人にご飯誘われて帰りたい？　そんなに干からびてるん？　童貞おじさん、カラッカラですん？」

いやいや。

「夕食は家でのんびり食べたい派なんだ……」

後ろめたい嘘をついてしまった。

いや、でもこれくらい言わないと二人は諦めないような――。

「じゃあ、童貞おじさんの家でご飯食べればいいねん！」

「あ、それいいかも」

「え――」

話が妙な方向に転がり始めていた。

俺の家に二人が来る？

……いやいや、それはまずいだろう。俺の部屋には俺の帰りを待っているアリシアがいるわけで。

「さあ、行きましょう、ジロルド上長」

「ほらほら、道案内するねん、童貞おじさん」

俺の両腕を二人が引っ張っていこうとする。

「え、いや、急すぎないか……」

「人生はいつだって見切り発車ですん！」

「うん、よく分からない」

したり顔で言う右腕のスズさんに俺は呆れてしまう。

「君には俺が迷惑かもしれないという感覚が抜けているのか……」

「えー、食事という名の楽しいことをするんだから迷惑な訳ないですよねん？」

「それは……」

「上長が迷惑だと思うならあたしは遠慮しようかなあ」

と、今度は左腕に絡みついているリリィさんが上目遣いにそう口にする。

ちなみにおっぱいが腕に当たっているのだけど、それを指摘するのは野暮というか、指摘するタイミングを逃した感は否めない。柔らかくてふにふにしている。

「あっ、リリィちんが自分だけ理解のあるいい女感出してるんっ！　そうやって聞き分けのいい女は結局、男にとって都合のいい女になるから悪手なのにねん！」

「っ！　え、えーと、そうなんですか……？」

「いや、俺に問われても……」

都合のいい女が俺の人生にはそもそもいなかったので、よく分からないのだ。

「――あ、あたしは上長が好きになってくれるなら都合のいい女になっても良いですよ？」

「んー、都合のいい女になっちゃダメだと思うぞ」

「じゃあ、ご迷惑かもしれませんけど、ジロルド上長の家にお邪魔したいと思います」

「っ!!」

瞳をウルウルさせながら、微かに口の端を上げるリリィさん。その微笑みに俺は身体が硬直するのを感じる。や、やられた……。

「リリィちん、悪い女に育ってしまったねんなあ……」

どこか感慨深そうにスズさんが呟いた。

あなたの影響が強そうなのですが、それは——。

かくして、アリシアが待つ俺の家に二人が訪れることになったのである……さてはてどうなることやら。

☆

大通りを抜けて商店街から住宅街へと風景を変えて行く道をしばらく歩けば、やがて俺が住んでいるアパートは見えてくる。

この辺りの建物としては平凡な三階建てのアパートは白い壁に蔦《つた》が伸びていて、築年数以上にくたびれた外観をしていた。けれども違和感がないのは周辺の建物も似たり寄ったりなものだからである。

「上長がこういう場所に住んでいるのは意外でした」

「高級住宅にでも住んでると思ったか？」

「はい」

隣を歩くリリィさんは驚いたように目を丸くしていた。

「童貞おじさんにはお似合いですけどねん」

「う……」

そして、スズさんは相変わらず辛辣《しんらつ》である。

「足元に気をつけて」

外付けの螺旋階段を足元を照らす照明の光を頼りに、俺たちはゆっくりと登って行く。幅が狭いので微妙に上り下りしづらいのは、デザイン性の問題だろうか。

三階に上がると街の景色が目に入ってくる。

「わー、いい景色」

「綺麗ですん」

絶景には程遠いが、それでもこのアパートから見る街の風景は心にジンと響くものがあった。

ダンジョンに向かって建物がポコポコと立ち並び、夜空に散りばめられた星々のような明かりが灯されている。まるで深海の世界にいるような静寂さを保ちつつも、微かに聞こえる酔客の声。このアパートに住んでいると、同じ街の中にいるはずなのに一人取り残されてしまったかのように感じてしまうのもお気に入りのポイントだった。

「こっちだ……」

自室の扉の前に立ち、俺は再度確認する。

「本当に、俺の家で夕食を食べるのか？　後悔するかもしれないぞ」

「往生際が悪いねん、童貞おじさん」

「夕食のお手伝いはしますから、大丈夫です！」

この後、彼女たちが後悔なりなんなりするのが確定した瞬間だった。

「分かった、それじゃあ開けるぞ」

俺は地獄の扉を開いているかのように、扉の取っ手をゆっくりと引いた。

ガチャリ。

金属の鳴る音がして、目に入ったのは明かりのついた玄関口。

「え……」

背後のリリィさんが訝《いぶか》しげな声を上げる。

当然だ。

俺の家に誰か先客がいるとは思っていないだろう。

続いて食欲をそそる肉の美味そうな匂いが漂ってくる。鼻腔をくすぐるそれに反応したのはスズさんだ。

「……誰かが料理してるん？」

俺は靴を脱いで部屋に上がったが、リリィさんたちはそのままだった。予想外の事態に思考が追いついていないらしい。

と、本がいつ崩れてもおかしくない程に山積みになっている廊下の向こう側から、ヒョイとアリシアが顔を覗《のぞ》かせた。

「あ、ジロルドさん！　お帰りなさい」

「ただいま」

俺の姿を認めて、彼女はその端正な顔をくしゃりと綻《ほころ》ばせる。

「もうお風呂の用意出来てますよ」

「そうか……」

パタパタとエプロンの裾を揺らしながら、アリシアが廊下を歩いてきた。

凛《りん》とした表情だが、心なしか嬉しそうに瞳を輝かせている。

「それともご飯にしますか？　もうお料理の準備もほとんど終わっていますし」

ズボンとシャツの上からエプロンを着用している彼女は、まるで若妻のような雰囲気を漂わせている。

「美味そうな匂いだな……」

「ちょうどソーセージ焼いてるんです」

「そっか」

俺のそばに歩み寄ったアリシアは荷物の鞄を、俺から受け取る。

「それでどうします……あの、もしよかったら、その——私にしてみます？」

どこで覚えた台詞《せりふ》なのだろう。

物語では使い古された言い回し。

冗談にもならないようなそれを、しかし頬を染めたアリシアに言われると、こう胸にグッとくるものはあって。

上目遣いのアリシアが近づけばふわり花の甘い香りがする。

自分の顔に一気に熱が集まるのを感じつつも俺は言いよどんでしまう。

「ど、どうしたものか」

と。

それまでジッと存在を消していた、俺の後ろに隠れていたリリィさんとスズさんがヌッと前に出てきた。

アリシアは驚きのせいかポカンと間の抜けた表情を浮かべている。

「……アリシアさん、何してるんですか」

「アリシアちんも抜け駆けとは、隅に置けないですん。このこのー」

ジト目で本気で怒っているリリィさん。そして、楽しそうにニヤついているスズさん。波乱が起きるとしか思えない状況が出来上がっていた。

「とりあえず――今夜は四人で夕食にしようと思うのだが」

☆

部屋は狭かった。

そもそも一人暮らし用の部屋である。四人もの人間が同時に入ることは想定していない。ベッドの上にはリリィさんとスズさんが腰掛けている。スズさんに関しては腰掛けているというよりも寝そべっているというのが正しいか。というか、俺のベッドに何で寝てるんだ……そして、当然のように枕をスンスンしないで欲しいのだけど。え、何で今渋い顔したんだよ……。

「それで」

冬の朝の底冷えする空気よりも冷たい声音でリリィさんが話を切り出す。

俺とアリシアはテーブルの椅子に腰掛けて、どんどん冷めていく夕食のおかずを横目に見つめるしかない。

「リリィちん。そんなことよりも夕食を」

「スズは黙っていて。——というか、何くつろいでるのよ！」

「だって、童貞おじさんのベッド気持ちいいねん。さすがにギルド長のベッドは違うねん」

「いや、普通にどこにでも売ってる安いベッドなのだが……」

「あたしだって、ジロルド上長のベッドでゴロゴロしてたいのにぃ」

「さり気なく欲求を曝《さら》け出さないで欲しいのだが……」

この二人、さっきからやりたい放題だなあ。俺の部屋にアリシアがいたから、なんていうか夫の浮気の証拠を見つけた奥様的な態度なんだよなあ。俺が何も言えないと思ってるみたいな。

そんな二人にアリシアは困惑しながら話しかける。

「何で二人がジロルドさんの部屋に来たんですか？」

「それをあなたが言いますかぁっ!!」

頭を抱えてリリィさんが絶叫する。

「シィーッ、ほら近所迷惑だから」

苦しそうに身悶えし続けるリリィさんを俺はなだめる。それを不思議そうにアリシアが見つめていた。

「うぅ……アリシアさん、一人だけ抜け駆けするなんてズルイです」

泣きそうな顔でリリィさんは訴える。

怒ったり、悲しんだり、彼女は忙しい人だ。

「抜け駆けだなんて」

「抜け駆けですよ！　何でアリシアさんがジロルド上長の部屋にいるんですか！　ジロルド上長が帰ってきてない内から家にいるってことは合鍵をもらってるってことですよね？」

「そ、それは……」

「上長、どうしてアリシアさんに鍵を渡してるんですかっ！」

「リリィちん、束縛する女は嫌われるよん？」

「スズは黙ってて！」

怒られてもケラケラ笑っているところを見ると、口を挟んだのはリリィさんをからかっているということだろう。スズさんはリリィさんと対照的に余裕の態度だった。

「て言うか、何を落ち着いてんのよ。これは激おこ案件じゃない！」

「だって、童貞おじさんですよん？　リリィちんが思ってるようなことは何も起きてないに決まってるねん」

「そ、そんなことは……」

リリィさんが何を想像しているのかは分からないけど、別に俺はアリシアといかがわしいことをしているつもりはない。

「その通りだと思う」

「ジロルド上長も黙っていてください」

「……はい」

普段よりも強気なリリィさんの前に俺は屈してしまう。

対面のアリシアがやはり眉を下げて困ったように、怒っているリリィさんに向かって首を傾《かし》げる。

完成度の高い人形のような趣のある均整のとれた目鼻立ちの彼女が小首を傾げれば、それだけで金貨一山の価値がありそうな美しい光景だった。

——美の女神に祝福されている。

アリシアを見ているとそんなことを思わずにはいられない。一切の瑕疵《かし》がない造形美。身にまとう雰囲気はクールだが、冷徹というよりは涼しげなもので一服の清涼剤のような心地よいものがあった。

そしてサラサラとした金髪は神が下賜《かし》した黄金羊の毛かと見紛《みまご》う輝きを放っている。その髪が揺れて、アリシアは鍵を持っている事情を話した。

「ジロルドさんが前に病気で倒れた時に、また同じことが起きたら大変だからってことで合鍵を作ってもらいました」

「病気？　……あ、休んでいた時のことですか？」

俺がアリシアに自分の想いを告げて、彼女とキスをしたあの日のことだ。

くっ、思い出すと恥ずかしい……。

まあ、それは置いておくとして。俺は自分が倒れた時に誰も鍵を持っていないのは、怖いことだなと認識した。そこで、アリシアに合鍵を渡したのである。

まあ、その合鍵は現在、アリシアが俺の夕食を作るために部屋に入るために使用されているので、当初の目的を見失っている感は否めないのだけど。

「それなら、あたしに鍵を渡してくれてもいいと思いますが」

ジト目でリリィさんが俺を見つめてくる。

いや、そんな目で見られてもなあ……。

「リリィちんは選ばれなかったってことですん」

「……スズさん」

わざわざ口にしなくてもいいのに。

本当にこの岩人の娘は意地が悪い。

「くぅ……そういうことですか、上長……あたしよりもアリシアさんを選んだんですね」

「ち、ちがっ」

違う訳ではないけれども。

それを今、伝えるには心の準備が出来ていなかった。

「それなら！　あたしもジロルドさんの部屋の合鍵が欲しいです……」

言葉は尻すぼみしていくが、俺には確かに聞こえた。

「俺の部屋の？」

「あたしの部屋の合鍵を渡したら、会いに来てくれるんですか？」

「いや、それは」

「じゃあ、決定です。合鍵を渡してください」

リリィさんの表情は決然としていて、断れそうにない。

俺はため息をつきながら頷こうとする。が、突然、剣呑《けんのん》な視線を感じて、動きを止めた。見れば、アリシアが蛇もビックリするような睨みを俺に利かせていた。

「渡すんですか、ジロルドさん？」

いや、そんなおっかない声を出さないで欲しいなあ。

さっきまでのリリィさんたちを浮気の証拠を摑《つか》んだ奥様的な態度だとするならば、今のアリシアは浮気現場に突撃した奥様的な態度である。

「わ、渡したらダメか？」

「ジロルドさんの部屋の合鍵を持っているのは、私だけでいいと思います」

「そ、そうか……」

アリシアの威圧感たっぷりな眼差しに、目を伏せそうになった俺に、今度はリリィさんが圧《プレッシャー》をかけてくる。

「ジロルド上長！」

「は、はい」

「合鍵を渡してください」

「だ、だけど、アリシアが……」

「……あたしの言葉よりもアリシアさんの言葉を聞くんですね」

目を細めて寂しそうにリリィさんは言う。

まあ演技っぽいけれど。

そんなリリィさんの隣で、スズさんがぼそりと。

「リリィちん。そりゃそうですねん」

「スズッ!!」

ポカリ。

簡単にリリィさんの化けの皮が剝がれてしまった。

「スズは悔しくないの？　アリシアさんだけ、合鍵持ってるんだよ？」

「別にー。合鍵がなくたって部屋に入る方法はあるねん」

え、何それ。

怖いんだが……。

「今、開錠技術《ピッキング》について聞いてないわよ！」

「やはり、そういうことだったか……」

「怖がらなくていいですん。童貞おじさんの部屋に潜入する理由なんてないねん」

「そうか？」

「何ですか、夜這いされたい願望でもあるんですすん？」

ニヤニヤしながらスズさんは訊いてきた。

こらこら、リリィさん。変なメモを取らない。

そして、アリシアも頬を赤らめないで欲しい。

夜這いとか……全く、スズさんは何を考えているんだ。

「四十にして女の子から夜這いをかけられる童貞おじさんの図」

改めて、スズさんが口にして俺はギュッと唇を真一文字にして俯《うつむ》く。

今、顔を上げると、絶対にからかわれる。

「童貞おじさん、絶対嬉しいねん。自分から女の子を襲う勇気がないから、女の子から襲いかかって欲しいねん」

「スズ、エッチなことを言うのはやめて……」

「ちょっと、恥ずかしい会話ですね……」

「…………」

スズ以外の全員が顔を俯かせているのを雰囲気で感じる。

「はぁー、本当にリリィちんとアリシアちんは初心《うぶ》ですん。これが普通の女子会ならもっとえげつない下ネタが飛び交《か》うねん」

下ネタの空中戦。

想像するだに、恐ろしい空間が広がっていそうだ。

「ごほん、気を取り直して……まあ、アリシアだけに合鍵を渡すのは不公平かもしれないからな」

チクチクと。

刺すような眼差しを横に感じながら。

「合鍵はこの際、リリィさんとスズさんにも渡すことにしよう」

「本当ですか?」

「おやぁ、ボクにも渡してくれるんですん?」

リリィさんは喜びに瞳を輝かせ、スズさんは不思議そうに小首を傾げてる。

「そんなに夜這いされたかったんですん……?」

「いや、そんなことはしないで欲しい」

二人とは対照的にアリシアはつまらなさそうにそっぽを向いている。

これは後で何かご機嫌を取らなければ――。

「と言うわけで、ちょっと遅くなったけど夕食を食べよう。アリシアの手料理は美味いんだから」

「リリィちんよりも?」

スズさんの意地悪な質問に俺は苦笑する。

「まあな」

リリィさんが不満げに頬を膨らませている。

「とりあえず食べてみてくれ。本当に美味いんだから」

俺の言葉にアリシアがちらりとこちらを見てきた。

「はあ、なんでそんなに褒めるんですか……ジロルドさんにそこまで言わせちゃったら、二人に食べさせないといけないじゃないですか？」

「食べさせたくないのか？」

「私が食べてほしいのは、ジロルドさんだけです」

さっきまでのツンとした態度は変わらないが、仕方ないなあとまるで子供のいたずらを見守る母親のような目でアリシアは俺を見ていた。

「料理の美味しさじゃ負ける気がしませんっ！」

何やら気合の入っているリリィさんと「楽しみですん」と軽い調子のスズさん。

とにもかくにも、こうして俺の部屋にアリシアがいた理由は不問に付され、急遽《きゅうきょ》食事会となったのである。

☆

「プファーワッ！　この葡萄酒《ぶどうしゅ》、めっちゃ美味しいですん！」

「……スズさんは酒豪キャラだったか。アリシアも結構飲んでるけど」

「普段はあまり飲まないんですけど、美味しいお酒が手に入った時はとことん飲むタイプです」

夕食はワイワイ楽しくお喋りを交えながら始まった。

コーンポタージュに、ベーコンの入ったパスタ、そして酒のつまみとして用意したのであろうソーセージとホカホカのごろっとしたジャガイモ。アリシアの作る料理は家庭的なものが多く、そしてその味は料理上手なリリィさんも唸らせる程度には美味かった。

食事も進んで、酒が入り始めた頃、スズさんがアリシアと熱心に話をするようになった。やはり、同じ冒険者同士、話は合うのだろう。

俺は二人の会話の潤滑油になればと思い、貯蔵している葡萄酒の中でも格別の一品を取り出した。大陸北部で採れる白葡萄を原料とした甘口の葡萄酒である。以前、王都に出張で出かけた際に購入したもので、その年のボーナスを全額はたいた。

別にこれといって酒を飲む趣味はないが、客人相手に高級な酒を振る舞えないのは問題だと思い購入したものである。……まあ、そもそも家に来客がないということをすっかり失念していたのだが。


「童貞おじさんもいい趣味してるねんっ！　めっちゃ甘口で美味しいねん」

「気に入ってもらえて何よりだよ」

「美味しいです、ジロルドさん」

「アリシアも甘口、好きだっけ？」

「はい。辛いのは苦手で……」

「ふふっ、子供っぽいところもあるんだな」

「そんなことないですけど……」

アリシアとスズさんがほっぺを真っ赤にしながら、酔っ払い特有の瞳をとろんと潤ませている。

……どうして、酒に酔っている女性は魅力的に見えるのだろう。

二人の様子をドギマギしながら眺めていると、リリィさんが唇をすぼめてちょこちょこと赤の葡萄酒を飲んでいる。

「二人ばっか見てますね……」

ジト目気味なのは気のせいだろう。

彼女は彼女で葡萄酒を飲んでいた。二人と比べれば、量は少ないけれども。あまりお酒に強くはないのかもしれない。

「いや、見てないぞ？」

「嘘はダメですよ、上長。アリシアさんとスズを交互に見比べてます」

「いやあ……酒をよく飲むなと」

「お酒なら、あたしも飲んでますけど？」

「くっ……」

酔っ払ったリリィさんは意外とめんどくさい人だった。

いや、いつだったか酔っ払ったリリィさんに絡まれたことがあったような……。

「えー、あたしのことは見てくれないんですか？」

「いやいや」

「ほれほれ、胸元もはだけさせてチラリズムですよ」

「……女性がそういうことをするもんじゃない」

これで記憶が残らないタイプらしいから困る。

俺はピラピラと胸元の襟を引っ張るリリィさんをたしなめつつ、グラスに手を伸ばす。

「ていうか、ジロルド上長はもっとあたしに興味を持ってください」

ゴクリと喉を鳴らしながら葡萄酒を飲み干したリリィさんは、目を据わらせつつ俺に文句を言ってくる。

「アリシアさんたちばっかりズルい」

拗ねたように唇を尖らせるのは癖なのだろうか。

しかし、この文句は外れている。

「ん？　興味なら持ってるけど」

「へ」

「リリィさんのこと、俺はもっと知りたいと思っているよ」

ギルドの中で熱心に働いている受付嬢がいて、そんな職員を知りたがらないギルド長がいるだろうか？

リリィさんの仕事熱心ぶりは、俺の興味を引くのには十分なものがあった。

「……っ。そ、そういうのはズルいと思います」

「え？」

「何でもないです」

もう一杯飲みます、そう言って、リリィさんは自分のグラスに葡萄酒をなみなみと注《つ》ぐ。果たして彼女はそれを飲みきれるのだろうか。

しばらくそんな調子が続いた。

だが、だんだんと会話のネタも切れてくるのか、沈黙の時間が多くなってくる。

そろそろお開きかなと思いつつ、俺は昼間、秘書から受けた報告の一つを不意に思い出した。

アリシアは頬を赤くしているが、特に眠そうにはしていない。スズさんは……元気が有り余っているようだ。

なので、俺は王都で開かれるパーティーについて伝えることにした。

「アリシアとスズさん」

「何ですか、ジロルドさん？」

「何ですん？」

「ん、今日、王都のギルド本部から連絡があったんだが」

「本部の？」

「そう。アリシアとスズさんをパーティーに招待したいんだってさ」

俺は話の委細を口にする。

と言っても、秘書から聞いた話をつらつらと俺は伝えるだけだが。こんなの伝言ゲームみたいなものである。

「……話は分かりました」

「アリシアさん、すごいですね。パーティーに招待されるって、超一流冒険者って認められたことじゃないですか――スズは完璧にオマケだけど」

「何言ってるねん！　これはもしかしたらボクが主役の可能性もなきにしもあらずねん」

「それはないいな……」

「童貞おじさん、そこは黙ってるところねん」

やんやかんやと騒ぐスズさんを尻目に、リリィさんが瞳を輝かせる。

そうこれはすごいことだし、栄誉でもある。

けれども、嬉しそうなスズさんとは対照的にアリシアは浮かない顔をしていた。

「でも、あまり気乗りしませんね」

「えー、どうしてですか？」

「いや、以前、雑誌の取材を受けた後、色々面倒なことが……注目を集めるのはいいことばかりではないんです」

「そういうものですか」

「リリィちんはミーハーなところがあるねん」

「ち、違うから！」

アリシアがパーティーにあまり参加したがらない理由は本人が言った通り、色々と面倒なことが起こるからだろう。実際、雑誌に載った時は彼女のファンを名乗る男たちがギルドに押し寄せていたし、思い出すのも不愉快になるような不穏な手紙なんかがギルドに届いたりもしていた。

とかく有名人というのは人の目を引きやすく、ゆえに何かしらの危険を招いてしまうことになる。

もちろん本人は全く悪くないのだけど。

それにパーティーというのは疲れる。周囲は着飾っている人間だし、チヤホヤしてくれるのだがその実、様々な意図を心に隠し持って人々が近づいてくる。例えば、ある者は自社商品の広告塔になって欲しいと思ったりと。

そういう場所に出かけることにメリットを感じる人もいれば、アリシアのように興味を持たない人もいる。

「それじゃあ、パーティーの招待は断るか？」

俺の提案にアリシアが驚いたように目を丸くする。

まあ、普通のギルド長ならパーティーに無理やりでも参加させようとするもんだからな。

俺の場合は、アリシアが乗り気でないのもあるけど、少々自己都合というか……あまり行きたくない事情があった。

「でも、それだと……ジロルドさんの評価が落ちたりしませんか？　やっぱり、冒険者がパーティーにお呼ばれされるのはギルドにとって名誉なことだと思いますし」

「いやいや。俺のことなんか気にしなくていいから。冒険者ギルドは冒険者を優先してこそだろ」

「そ、そうですか。それじゃあ――」

と、アリシアが返答しようとした時だった。

スズさんが話に割って入ってくる。

「アリシアちん、パーティーに参加するべきですん！」

「……？」

「スズだって、行きたいんじゃん。ミーハーじゃん！」

「違うねん！　そういうことじゃないねん」

少し酔っているのか、テンション高めにスズさんは演技がかったような口ぶりで話す。

「確かにパーティー行くとかめんどくさいよねん？　けどけど、見たことない世界を見るのも大事だと思わないいん？　アリシアちんの可能性を目一杯引きあげてくれるんじゃないいん？」

岩人の少女は身振り手振り、パーティーに行くべき理由を口にする。

「……ス、スズ、どうしたの？」

「いや、だって、想像してみなよん！　王都でパーティーですん！　絶対、セレブの集まりねんっ！　お金持ちのパーティーなんて一生に一回行けるかどうかじゃんねー。行かない手はないですん。玉の輿を目指すねんっ！」

「俗っぽい理由だなあ……」

ああ、忘れていたつもりはなかったけど、スズさんってこんなキャラだったな。

お金に執着、っていうか、目敏《めざと》いというべきか。

「あまり心躍らないですね」

と、そんなスズさんにアリシアが真っ向からぶつかって行く。

「心躍るのはここからですん。アリシアちんはパーティーに行くと思うから気が乗らないねん」

「……？」

「童貞おじさんと旅行に行くと思えばいいねん」

「――ッ!!」

それはまさに悪魔の囁きである。

スズさんが俺を見てニヤリと口元をあげる。

その視線を受けて、俺の背筋がぞくりとした。

スズさんはアリシアの耳元でぼそぼそと呟くように、それでいて部屋にいる全員に聞こえるように言った。

「童貞おじさんと王都をお散歩したり、童貞おじさんと一緒にパーティーに参加してみたり、それに旅行ですから、ホテルに泊まったりすることも出来るねん!!」

「ほ、ホテルッ!?」

「自分のお部屋に連れ込み放題……」

「つ、連れ込み放題ッ!!」

「待て、アリシア！　スズさんの甘言に惑わされちゃダメだッ!!」

「ジロルドさん、私、パーティーに行きたいです！」

間に合わなかった……。

スズさんの毒牙にかかったアリシアは、既にその瞳にハートマークを浮かべている。彼女が何を想像しているのか、俺は想像したくなかった。

どうやら王都行きは決まりのようである。

ということは飛竜船に乗って行くのか……。

俺は大きなため息をつく。

アリシアとスズさんが盛り上がっている一方、俺のように落ち込んでいる人がもう一人。

リリィさんは頬に手を当てて、悩ましげにため息をついている。

「どうかしたのか？」

「あ、上長。……その、二人はパーティーに行けるけど、あたしはただの受付嬢だからついていけないなあって」

「あ……そうか」

リリィさんの言う通りである。

アリシアとスズさんは招待されているので当然行くとして、俺も付き添いで行くことになる。その点、リリィさんは本人も言っている通り、ただの冒険者ギルドの受付嬢である。王都への旅についてくる理由はない。

まあ彼女も大人である。

そんな王都に行きたいと駄々をこねることもないだろう。

今の寂しそうな表情くらいが精々というところか。

そんなリリィさんの様子に気付いたのか、スズさんが話しかけてくる。こういうところ気がつくスズさんは、さすがだなと思う。

「リリィちん、どうしたん？　表情浮かないけど」

「ん、留守番だなって思ってね」

「留守番するん？」

「だって、あたし、ただの受付嬢だし」

あはは、と空笑いするリリィさん。

「大丈夫ねん」

「え、何が？」

「童貞おじさん」

「ん？」

スズさんが俺に視線を向ける。

「童貞おじさんは、アリシアちんの案内役なんですよねん？」

「まあ、そういう位置づけかな？」

正しくはお世話役的な――いやまあ、案内役で間違いはない。

「じゃあ、ボクの案内はつかないってことですん？」

「それはまあ」

一応パーティー会場に連れて行くところまでは俺の仕事ではあるけども。

「だったら、リリィちんはボクの案内役ってことでいいよねん？」

「あー、そういうことなら」

チラリとリリィさんに視線を向けると彼女は嬉しそうに瞳を輝かせている。

「スズ、ありがとう！」

「これで貸し一ねんっ！」

「今度美味しいご飯作ってあげるよ」

「……そういうことじゃないですん」

ホクホク笑顔のリリィさんと、むむぅと眉間にしわを寄せているスズさん。やはりこの二人はいいコンビである。

「王都にいくなら、実家に連絡しておこうかな。顔出す時間はあるだろうし」

「ボクも行くですん」

王都出身の二人がそんなことを言い合う。

それから俺たちは酒を飲んだ。適当なところでお開きにしようと思っていたのだが、いつの間にか俺も酔っていたらしく、気がつくと眠りこけてしまっていたようである。翌朝、窓から差し込む朝の強い日差しに目を開けると全員酔いつぶれているという、あまり目にしたくない光景が俺の部屋に広がっていた。ガンガン頭の中だけに響く鐘の音を聞きながら、俺は全員を起こすべくのそりと椅子から立ち上がる。

☆

「というわけで、飛行場へ向かいまーす」

受付嬢の制服を着ているリリィさんが、駅のホームにて、小さな手旗をフリフリしながら俺たちを案内する。

飛竜船のチケットが郵送されてきた俺たちは、飛行場のあるこの地方の大都市・アルクナン市を目指してまずは鉄道に乗ることになった。

〈塔の街〉は割と都市部から離れた所に位置しているが、鉄道によって他都市と繋がっており僻地といった感はない。

街の入り口にある駅はまだ早朝の時間帯というのもあってか人影が少ない。

とはいえ、この街から人が出て行くことの方が珍しいのである。外から商品を運んでくる人間はそれなりにいるのだけど。

駅と言いつつも、改札を抜けると雨よけの屋根もないホームが複数あるだけだった。

街の隆盛と比べるといささか寂しい光景だが、これも仕方あるまい。

貨物列車の発着の方が旅客列車よりも一日合計では多いらしい。

そうは言っても屋根くらいつけても良さそうだが……まあ、外からは分からない事情というのもあるのだろう。

「列車のチケットは買ってあるので、あたしの後についてきてください。あ、あと車内販売で買うよりも駅の売店で買った方がお得ですから、車内で何か食べたい人は今のうちに買っておいた方がいいですよ」

リリィさんは案内人らしくテキパキと俺たちを案内する。

一応俺も案内人ではあるが、これなら仕事をしなくてもいいような……？

俺は売店に立ち寄って、経済新聞『アドリス・デイリーニュース』を購入する。新聞以外にも飲み物やお菓子など旅のお供に欲しいものが揃っていた。中でも目を引いたのは鉄道を舞台にしたミステリーシリーズの本である……一人旅なら買っていたかもしれない。

隣に立ったスズさんは大量のお菓子を購入していた。

「旅は長いねん」

「そうでもないと思うぞ」

かなりタイトなスケジュールではあるが、今日中に王都にたどり着く予定ではある。

売店でしばし時間を潰していると、俺たちが乗る予定の列車がホームに滑るように入ってきた。

予定通りの時刻である。

国営の鉄道会社だから、その辺はきちんとしていると評判ではあるがやはり鉄道といえば発車時刻の遅れが付き物である。

実のところ、乗り換え時間に余裕のないスケジュールを見たとき、これは乗り換えに失敗するかもしれないと思ったくらいだった。

俺はホッと一息ついて列車へ階段《ステップ》を踏んで、乗り込んだ。

乗り込み用の手すりを握りつつ女性陣の荷物を車内に運び入れる。水色のワンピースにつば広の白い帽子を被ったアリシアが小さく会釈する。

旅の装いということだが、普段とは違う彼女の雰囲気に俺は胸の高鳴りを感じずにはいられなかった。

「ありがとうございます」

「力仕事は男の仕事だよ」

アリシアの手荷物をヒョイと持ち上げて車内の床へと置く。

「腰、痛めませんか？」

「……そんなに歳を取ってるつもりはないが」

木の床を踏みしめつつ、俺たちは指定席へと向かう。

「こっちです」

リリィさんの誘導について行くと四人が向かい合って座れるボックス席があった。

「窓側は誰が座ります？」

「はいはい！」

スズさんが即座に手を挙げて一枠が決まった。

「もう一人、誰が座る？」

俺がそう二人に水を向けるが、二人はじっと黙っている。そして、何故か俺の顔を見てくる。

「ジロルドさんはどこに座りますか？」

「俺はどこでもいいけど」

キラーンと二人の瞳が輝いたような気が……同時に俺の背筋に冷たい何かを感じたのは気のせい

だろうか。

「なるほど。ではアリシアさん、ここは公平に――」

「スズさんの隣は案内役のリリィさんが座るのが良いんじゃないですか？」

「ふへぇ!?」

一本取られた、まさしくそんな表情を浮かべているリリィさん。

「ジロルドさんは私の案内としてついてきてくれているんですから」

「くぅっ……」

物凄い歯軋《はぎし》りである。

リリィさん、その表情は外で見せちゃダメなやつだと思うのだが……。

座席が決まった俺たちは席に座る。

窓側の席に座ってルンルンしているアリシアがやたらと自分の腕を、俺の腕に当ててくるのはなんだろうか。そして、それをとても嫌そうな眼差しで見てくるリリィさんもどうしたんだ。

少ない乗客が乗ったところで、列車が動きだす。

「出発ですん！」

無邪気に口にするスズさん。

ああ、俺、スズさんの隣に座れば良かったかも……。

☆

走り出した当初は四人で一緒に列車に乗るというイベントが物珍しく、はしゃいでいた女性陣だが、車窓が一つ目の山を抜けた辺りから皆うたた寝を始めてしまう。

まあ、朝が早かったから眠いのは当然だろう。

「ふわぁ……」

斜向《はすむ》かいの席で寝ているスズさんをチラ見してから、俺も小さな欠伸《あくび》をしつつ駅の売店で購入した新聞を読み始める。

今は誰も喋る人間がいないのだ。

新聞を読んだって構わないはずである。

モノクロの写真付きの紙面を、目を細めつつ眺めていく。若い時分に夜中まで勉強していたら、眼鏡をかける必要がある程度には視力を落としてしまった。大人になってからは視力が落ちてはいないが、それでも目が良かったのに悪くしてしまったのは痛恨の極みである。

経済新聞なので当然、各種経済情報が掲載されている。

どこそこの会社が買収されただの、新商品が発売されただの。

この手の情報が実務にすぐに活かされるとは言い難いが、知っているのと知らないのとでは大きく違う。街の実力者が知っていることについて知識があるというのは、会話をするのに大きなアドバンテージがあるものだ。彼らが普段読んでいるのは間違いなく経済新聞であり、彼らの言葉はここから引用されることが多い。

それを認識してからはずっと経済新聞を俺は読んでいる。

文化面のページを開くと、王都で主催されるパーティーの情報が小さな枠で紹介されていた。

「おや……」

そこに俺たちが招待された『アリシア嬢のダンジョン変動生還祝賀パーティー』がそこそこ大きな扱いで取り上げられている。

アリシアが何者なのか、そしてどのような功績を上げたのか。もちろんスズさんについても軽く触れられていた。あとは主な出席者たちの名前が記されていて、結構な大貴族の名前もあり、俺は言い知れない緊張感を味わう。

出世したんだなあ、アリシアも。

俺の現役時代――前世の頃の冒険者の扱いなんて、所詮は世捨て人《アウトロー》だった。どれほどダンジョンで物凄い冒険を繰り広げたところで、社会は冒険者を評価しなかった。

物好きたちの変人どもが何か得体の知れないことをやっている。

その程度の認識で、ずっと俺たち冒険者は扱われていた。

それが今では王都でパーティーに呼ばれるのだから、大したものである。

薄く口を開いて眠っている隣席のアリシアの横顔を見て、俺は微笑まずにはいられない。

「頑張ったな……」

誰にも聞こえないように俺はそっと呟き、そしてアリシアを起こさないように彼女の手を、繊細さの象徴のような柔《やわ》いその手を、握りしめた。

やがて列車は三つ目の山を越えると海岸線を走るようになる。

キラキラと水面に反射する朝日が車窓から入り込み、寝ていたアリシアたちを起こした。

「むにゅぅ……」

可愛らしい声と共に、目の前の席のリリィさんが目を覚ます。

少しだけ呆《ほう》けた表情を浮かべて、目敏く何かに気がついた。

「あっ、上長がアリシアさんの手を握ってるっ!!」

「ち、違っ」

「違くないです！」

「はい……」

リリィさんに怒られて俺が手を離そうとすると、いつの間にか目を覚ましたアリシアが、俺の手を握りしめ返してきた。

「ジロルドさん、ずっと握っていてもいいんですよ？」

「握ってるのはアリシアさんの方です！」

ギャアギャア、リリィさんが騒いでいると眠そうな目をこすりながら猫のように伸びをした斜向かいのスズさんが一言。

「リリィちん、うるさいねん」

「——ご、ごめん」

「列車旅行が楽しいのは分かるねん。けど、他に乗っているお客さんがいることを忘れちゃいけないん。迷惑かけたらダメだって教わったよねん？」

「うぅ……ごめんなさい」

「というわけで童貞おじさんがリリィちんの手を握ってあげるねん」

「え、何で」

「それで万事解決だからに決まってるねん！　男ならサッと手くらい握るんですん」

「まあいいか……」

今度はなぜかアリシアが歯ぎしりをしながら、俺とリリィさんの手繋ぎを見つめていた。対面なので、かなり強引な形での手繋ぎであるため雰囲気も何もあったものではない。それにリリィさんの手が意外とひんやりしていて、人形細工のような繊細さを感じて、ドキッとしたりと精神的にあまり落ち着かない。

それはリリィさんも同様のようで、恥ずかしそうに彼女は握りしめられている俺の手に視線を落としている。

「上長の手、大きいです」

隣の席からダンジョンモンスターを殺すときもかくや、という殺気が放たれている。誰が放っているかは言わずもがな。

そしてリリィさんの言葉を、彼女の隣に座るスズさんはニヤニヤしながら聞いていた。

どうやら彼女はこういう雰囲気にすることが目的だったようである。

……本当にいい性格をしている。

海の景色にも飽きた頃、車内に食事の用意を告げるチャイム音が響いた。

「食堂車に移動しよう」

アルクナンに到着するのは正午を過ぎてからになる。

まだまだ時間はあった。

「ビュッフェ形式なので、お好きなものを食べてくださいね。あ、ちゃんと椅子に座って食べる形式なので落ち着いて食べられますよ」

リリィさんが案内した通り、食堂車には多数のテーブルが用意されていた。

少ない乗客の割に食堂車は人で混雑している。

メインテーブルに揃えられた色取り取りの食材の数々に、出来立てなのか白い湯気を出している各種スープ。それに食欲をそそる肉の匂い。思わず生唾を飲み込んでしまいそうだ。

「あたしは席を確保しておくので、上長たちはお料理を取ってきちゃってください」

「ありがとう、リリィさん」

「いえいえ」

メインテーブルの周囲にはたくさんの人が料理を見定めるように立っている。

「アリシアたちは何を食べるんだ？」

「私はコーンスープにスティックパンにしようかと」

「それで足りるのか？」

「乗り物酔いしない自信がないので」

「なるほどな」

あまり胃袋に料理を詰め込んでも仕方あるまい。

「スズさんは？」

「ボクはサラダ一択ねん」

「……意外な選択だな。てっきり肉に行くものかなと」

「列車で出てくる肉とか不安ですん」

「……そ、そうか。大丈夫だとは思うが」

まあ、人には人の主義がある訳だし。

「というか、皆、ビュッフェに慣れてるんだな」

俺は普段この手の形式の店にはいかないから、慣れるまでに時間がかかったものだが……。

「私は色んな男性に誘われて」

「ほ、ほう……」

ちょっとショックだ。

俺の様子に気がついたのか、アリシアが慌てて訂正する。

「あ、べ、別に、行きたくて行った訳じゃないですよ!?　ただいつも断ってばかりだと色々角が立つというか……」

「大丈夫、分かってるから」

アリシアは人気者だしな。

俺よりも外食経験があるのは当然だろう。

スズさんは皿にサラダを盛り付けながら、何気なく答えた。

「ボクも男の人に誘われて、よく行ってるんですん」

「え」

「あー、誘われてっていうよりも誘いをかけてって方が正しいですかねん」

「うーん、その話はあまり聞きたくないなあ……」

いや、簡単に察することは出来るけど。

「あまり危ないことをしちゃダメだからな？」

「童貞おじさんに心配されずとも、超えちゃいけないラインは弁《わきま》えてるねん」

うん、そういうことを言う人ほど、後で痛い目に遭うんだけどねえ……。

まあ、止めろと言える立場でもないし、ここはお茶を濁すしかないか。

それぞれ料理を取って（ちなみに俺は肉とコンソメスープの王道である）、リリィさんが取っておいてくれたテーブル席に腰掛けた。席順は先ほどと変わらず。

リリィさんはサラダと少しばかりのお肉、それにフルーツの類を取ってきた。

「それじゃあ、頂きます」

そうして始まった朝食の時間。

話題はコロコロ転がって、俺は女性の会話力の高さに閉口していた。

朝からよくもまあ、こんなに喋れるものだと。

濃い味のスープをすすりながら俺はそんなことを思う。

でもまあ、三人が楽しそうにしている様子を見ていると、どうしてかほっこりする。……あれ、この視点ってまるでお父さんが娘たちを見守る視点……いや、気付かなかったことにしよう。

「だねー……あはは……」

と、お父さん視点もとい見守り視点もとい観察視点の俺は日常の風景との違和感に気がついた。

リリィさんの皿がその中身を減らしていないのである。

別に彼女は大食いという訳ではないが、普通に食べる人のはずだ。

どうしたのだろう?

笑顔は……時折、見せているので体調がそこまで悪いという訳ではなさそうだが。

少し列車に酔ってしまったのかもしれない。

日常、これほど長時間列車に乗ることはないからな。

あるいは単純に少し気疲れしてしまったとか。

そこまで考えて、これ以上、考えても無意味だと理解し、俺は直接訊いてみる。部下の体調管理は上司の大切な業務の一環だからな。

「……リリィさん、何だか元気がなさそうだが大丈夫か?」

憂鬱そうな表情のリリィさんは曖昧な笑みを浮かべる。

黙っている彼女の代わりにスズさんが口を開いた。

「ん、童貞おじさんよく気がついたねん。ボクもさっきから気になってたですん」

「いやいや、気付くのは普通だろ」

毎日ギルドで顔を見ているのだ。普段と様子が違えば分かる。

俺の問いかけで、アリシアも心配そうな表情を浮かべていた。

それに対して、リリィさんが慌てたように大げさに、首を左右に振る。

「べ、別に大丈夫ですよー」

「空元気はよくないねん。ほれほれ、正直に言ってみぃ」

スズさんの軽い調子がこういう時には役に立つ。

重くなりかける雰囲気が持ち直していくのを肌で感じた。

「いや、その実は……」

俺たち三人はリリィさんの言葉に耳を傾ける。

「王都に行くって母親にこの前伝えたんです。その時は本当にパーティーの案内役として、みたいな話を――そしたら、両親が……」

肩を落としたリリィさんの話を要約すると以下の通りだ。

リリィさんの実家は王都にあり、パーティーに参加するというのは実質帰省のようなものであった。その機会を利用してリリィさんのお見合いがセッティングされてしまったのである。もちろん、リリィさんに結婚の意思はなく、お見合いなどしたくもないのだが、既に先方との約束もあり、両親に押し切られる形になってしまったのだそうだ。

「……憂鬱です」

ほとんど手つかずの料理が残る皿を見つめているリリィさん。

「王都へ一緒に行けるのはすごい嬉しいんですけど、お見合いとか……考えると鳥肌が立ちます」

「それはさすがに相手に失礼ねん」

「相手の人が悪い訳じゃないのは分かってますけど……」

リリィさんの気持ちはそれとなく理解出来る。

親が勝手に決めたお見合いなんて気が乗らなくて当然だろう。

俺は結婚をしたことないけどな。

「はぁ……どうしよう」

「どうしようもないねん。嫌な顔しながら嫌々お見合いをしていればいいねん」

「そんな身も蓋もないことを言うんじゃない……」

スズさんはさらっと恐ろしいことを言うから怖い。

お見合いに出かけたら、初っ端から相手の女性が嫌な顔をしているとか、トラウマなんてものじゃないだろうに。

「本当にどうしたらいいのかなぁ、今更断れないしぃ……（チラッ」

今、さり気なく俺の方をリリィさんが見たような？

「ああ、どうしようかなぁ（チラッ」

またもチラチラと俺を見てくるリリィさん。

うーん、これは嫌な予感しかしないぞ。

リリィさんの謎アピールに悪寒を感じつつ、俺は気が付かないフリをする。

瞳をそんなに潤ませて見つめてくるなんて卑怯だぞ。可愛すぎる！

「…………」

「チラッ、チラッ」

「…………」

「あぅ……ジロルド上長が意地悪です」

「いやいや……」

自身のチラチラアピールが不発に終わって、リリィさんががっくりと肩を落とす。

「――それにしてもそんなにお見合いが嫌なんですか？」

アリシアが興味津々と言った面持ちで訊いた。

「そんなの……そりゃ、嫌ですよ。嫌に決まってます!!」

リリィさんの剣幕にアリシアも押され気味である。こんな二人は珍しい。

「……それじゃあ、結婚したくないと？」

「ええ。結婚なんてしたくないです。結婚なんて！」

リリィさんは何の考えもなくありのままの自分の気持ちを答えたのだろう。

だが隣に座っているスズさんが、微かに目を開いていた。

何か言おうとして、それを遮るようにアリシアが言葉を紡ぐ。

「へえ――それじゃあ、リリィさんはジロルドさんと結婚したくないんですね？」

「ふぇっ!?」

無警戒の安全地帯にいたら、いきなり階層主と遭遇して思考停止に陥った冒険者のようにリリィさんが目を白黒させる。

アリシアがこんな意地悪い言葉を放つとは想像だにしていなかったのだろう。

「ち、ちがっ」

「ジロルドさんとはあくまでも恋人関係でいたいってことですよね？　ちなみに私はジロルドさんのお嫁さんになりたいです！」

リリィさんのポイントを下げつつ、自分の好感度を上げようとするなんて……。

ちょっと前までのアリシアではそう考えられる行動ではないのだけど。

俺へのアピール合戦が始まって以来、彼女たちの言動は少しずつエスカレートしている、ような気がするのは気のせいだろうか。

「あ、あたしだって……」

「童貞おじさんと結婚したいのん？」

「はにゃあ！」

真横からの追撃に、リリィさんが居心地が悪そうに身をモジモジさせた。

俺は俯くほかない。

スズさんに慈悲はなかった。

「けど、真面目な話、童貞おじさんって結婚相手的にどうなんですん？」

「おい、やめろ……生々しい会話はダメだ」

「えーイイじゃん。傷つくのは童貞おじさんだけねん」

それが問題なんだっ!!

目の前で値踏みされるなんて、どんな罰ゲームだ……。

「ジロルドさん、目からどんどん光が失われてます」

そりゃそうだろう。

手荷物を没収されて異国の地に放り出されたような気分だよ、今の俺は。

「スズさん、この話題はジロルドさんの精神を削るだけなようなので止《や》めませんか？」

「ノン・ノン・ノン。アリシアちん、甘いねん。これは童貞おじさんに対するアピールの一環ですん」

「アピール？」

意味が分からず小首を傾げるアリシア。

「ここに揃っているのは皆、童貞おじさんを好きな女の子。どう話が転がっても童貞おじさんが気分を害すような感じにはならないねん」

そうかな？

「それどころか、三人それぞれの恋愛観、結婚観が分かるんだから、童貞おじさん的にはラッキーなイベントですん」

「なるほど……」

まあ、確かにスズさんの言っていることには一理ある。

でも、そういうのって普通はデートとかで会話したりする中で分かるもんじゃないのだろうか？

俺が今ひとつ納得しきれない内に話が進んでいく。

「じゃあ、トップバッターはアリシアちんで！」

「私ですか――私はもちろん、結婚したいです！　ジロルドさんとはずっと一緒にいたいと、生きている間はもちろん死んだ後も、そして生まれ変わっても……と、思っています」

チラチラと俺を見ながら自分の気持ちを語るアリシア。

あれ、これってプロポーズなんじゃないか。

というか愛が重すぎる……。

「アリシアちんは結婚願望強めってことですん？」

「そうなるかと」

「それじゃあ、結婚したら冒険者はどうするねん？」

「辞めます」

「辞めるん？」

「ジロルドさんの妻として、家庭に入って家事育児に専念してジロルドさんを二十四時間三百六十五日サポートしたいです！」

「アリシアちんは専業主婦希望ねんなあ」

スズさんがニヤケながら俺を見つめてくる。

というか、さりげなく育児を盛り込んでくる辺りが……なんていうか照れるな。

そして追い打ちと言わんばかりに、アリシアが頬を紅潮させて、鼻の穴を少しだけ膨らませながら俺に迫ってくる。

「――ジロルドさん、私は人生という名のダンジョンをあなたと一緒に冒険したいのです」

あ、やっぱりこれはプロポーズだった。

どう答えたらいいのか分からず固まっていると、スズさんがアリシアの綺麗な白いおでこにデコピンを見舞う。

「はい、そこまでですん」

「痛っ――」

眦《まなじり》にわずかに涙をためて恨みがましくアリシアはスズさんを見つめた。

「じゃあ、次は結婚願望のないリリィちんの番だよん」

「あ、あたしは――ジロルド上長のこと、好きです！　結婚、というとイメージはわかないですけど……でも、あたし、上長の子供が欲しいです！」

「結婚をすっ飛ばして、赤ちゃん欲しいアピール来たぁっ!?」

スズさんが驚愕に目を丸くしている。

いや、俺も予想外過ぎる展開に、口にする言葉を失っていた。

「だ、だって、結婚とかよく分からないもん！」

子供っぽい口調になっているのは素が出ているからだろうか。

リリィさんが俺に上目遣いで言い寄ってくる。

「結婚は分からないけど、上長の子供を産みたいって気持ちは分かります……ジロルド上長を見ていると、いつも胸がキュンキュンするので」

「……そ、そうか」

モテ男なら上手い切り返しの一つや二つ口に出来るのだろうが、俺にそんなことは到底望むことは出来ず。

「じゃあ最後はボクですん。けどまあ、リリィちんたちとあんまり変わらないですん」

「というと？」

ある程度想像出来てしまうが、聞かずにはいられない。

「童貞おじさんと子作りエッチしたいねん！」

「表現の仕方ァッ!!」

同じことを言っているのにどうしてスズさんだと、こうも品がなくなってしまうのだろうか。わざとか、わざとだよな……。

「岩人は体力だけはどの種族にも負けない自信があるねんなあ」

「その情報は今いらないと思うのだが……」

「果たして、童貞おじさんがボクを満足させられるのか……」

真面目に悩まないで欲しい……。

いや、そんなことを言われると辛くなるからやめてくれ。

「たぶん、男としてもう錆びついているような気が……」

「錆びついていないから」

「ああ、でも童貞だから能力は未知数ですん。可能性は無限大！」

「ポジティブな評価のはずなのに、全然嬉しくないのだが……」

くぅ……完全にからかわれている。

スズさんの舌鋒は止《とど》まるところを知らない。

「アリシアちんたちも想像するのがいいねん。童貞おじさんが夜の営みについてこれるのかということを」

「や、やめろー。想像するなぁっ!!」

「……私がサポートしてあげれば、もしかしたら」

「……やっぱり若い人の方がリードしないとダメですよね？」

「おじさんとのエッチですん。二人が思っている以上に大変ねん！」

「スズさんは俺の何を知っているんだあッ！　それと、二人とも変なことを考えるのはダメだからな！」

だが俺の抗議虚しく、アリシアとリリィさんが頬を赤らめてポッポッ呟いている。

くっぅ……何で俺は朝からこんな辱めを受けなきゃいけないんだ。俺が一体何をしたっていうんだよぉ……。

とんでもない目にはあったが、だがしかし、この会話は非常に貴重なものである。

俺は恋をしたいとずっと思っていたが、その先には結婚があるのだ。

結婚。

三人の女の子たちを眺めて、俺はまだ輪郭すら見えてこない未来を想像してみる。しかし、どうにも想像図には白い光の線がいっぱいあるのだが……これはあれか、俺が歳を取りすぎてイメージ出来ないってやつか。

まあ、四十超えて赤ん坊を抱きかかえる図ってのは、なかなか厳しいものがある。

場合によっては孫を抱いている若いおじいちゃん的な、そんな感じ。

幸せな像《イメージ》のはずが、思い浮かべると胸が苦しくなってくる悲しみ。

おじさんには恋が難しい、どころか結婚は不可能、なんて思わずにはいられない。本当に、何で俺のようなおじさんにこんな美人で可愛い女の子たちが好きって言ってくれるんだろうか。

列車に揺られながら、俺はしみじみとそんなことを思うのであった。


アルクナン市に列車が到着したのは正午を過ぎて、日差しが一日で最も強くなる時間帯であった。

煉瓦造りの駅舎の中にある三番線ホームに滑り込むように入った列車はすぐに行き先表示を〈塔の街〉に変えていた。

列車を降りた俺たちを待ち構えていたのは人でごった返しているアルクナン駅構内である。旅装に身を包んだ紳士淑女あるいは子供達が連絡通路を往来していた。

幅広のホームを俺たちは進んでいく。

白いドーム型の屋根は日光を通していて、ぼんやりと柔らかい明かりを屋内ホームに届けていた。ホームには等間隔に照明灯が並んでいて、洒落たデザインである。

「駅を出て、馬車に乗り換えます」

リリィさんの案内に従って、俺たちは駅改札を抜けていく。

待ち合わせの人々が円形のエントランスの各所に立っていた。

エントランスを出るとロータリーが目の前にあった。その左右には高層ビルが並んでいる。この地方最大の都市らしく発展した駅前である。

アルクナン市は人口規模五十万の地方中核都市であり、元は交通の要所として商業を中心に発展してきた街だ。街並みには異文化が混ざり合い、文明の十字路なんて呼ばれたりもしている。

「こちらです」

駅前ロータリーの一角に停車している馬車に俺たちは乗り込んだ。

駅前から真っ直ぐ延びる大通りをしばらく走ると、緩やかなカーブを描く海岸線に出る。列車からも海は見えたが、馬車から眺める海も素晴らしい。カモメが数羽飛んでいるのがガラス窓越しからも目にすることが出来た。

しばらく海沿いの道を進んでいくと、今度は山の方へと馬車は入っていく。

「飛行場は住宅街を避けた場所にありますので」

ガタゴトと揺れる車内の中で俺たちは飛竜船のチケットを手渡される。

「もうすぐ着きますので、揺れは我慢してください……」

本格的な山道になる前に、馬車は下り坂へと入っていく。

車窓から外の様子を眺めると湖が見えた。

「山の中の湖か」

「この辺は別荘地にもなっているんですよ」

「へえ、意外だな」

「アルクナン市に近いので、便利なんですよ。あと風景が良かったり」

「ま、それは確かに」

窓越しにも分かる湖の美しさは、まるでここが世間の騒々しさから隔絶された土地であることを示しているようである。

別荘が立ち並ぶ区画に入ったようで、だいぶ道の揺れが収まってきた。舗装された道、万歳。

「ここ曲がるとすぐですから」

アルクナン飛行場は湖畔の広々とした土地にあった。周囲に建物らしきものは見えず……いや、小さな物置小屋のようなものはあった。あれは事務所か何かだろうか？　併設して竜舎《りゅうしゃ》があった。

背の低い柵が飛行場の土地を囲んでいた。

その飛行場の中心、雑草が丁寧に刈られて、黒い土が均された一区画にそれはあった。

「初めて見ました……」

ハッと息を呑むような調子で、アリシアが言う。

飛竜船《ワイバーンヴィークル》。

飛竜《ワイバーン》四体が二階建ての車を牽引し空を飛行する乗り物である。乗員定数は乗組員を除いて五名までと人数には制限があるが、圧倒的な移動時間短縮のメリットがあった。

待機中の飛竜が敷地の草を気怠《けだる》そうに食《は》んでいる。

「ようこそ、アルクナン飛行場へ」

馬車を降りると厚着をした御者の男がゴーグルを手に持ちながら、挨拶をしてきた。

ダボダボの制服と無精髭という、あまりにもあまりにな格好である。

「……予約をしている冒険者ギルドのジロルドだが」

「承っております。ひとまずあちらの事務所で飛竜船の利用に関するご案内と注意事項の説明を致しますので、どうぞ」

案内された俺たちは簡単な飛竜船の歴史と現状について教えられ、そして飛行中の注意事項を聞かされた。

ちなみに飛竜船の事故における死亡率はほぼ百パーセントとのことらしい……。

もう四十のおじさんだけど、俺はまだ死にたくないのだが。

簡単な説明が終わったところで、飛竜船への搭乗が始まる。

スズさんが可愛いぬいぐるみでも愛でるような眼差しを飛竜に向けている。

「飛竜、可愛いですん。飼いたいなぁ」

「……奴らは人間も食うぞ」

前世でダンジョン内で戦ったことはないが知識としては飛竜の存在を知っている。

「童貞おじさん、さっきの話ちゃんと聞いてたん？　飛竜船の仕事している飛竜は卵の時から育てるから、人間は食べないですん」

「そ、そうだったか？」

「そうですん」

ほらー、と言いながらスズさんが眠そうな目をした飛竜の顎をなでなでする。ゴツゴツとした体表の皮膚はまるで溶岩が溶けて固まったかのように赤黒い。鋭く尖った背中の突起は背骨らしい。

全く竜種というのは、どうして見た目が恐ろしいのだろうか。

「おいおい、あまり馴れ馴れしく触るんじゃない。いつ暴れるか分からないぞ」

「頭を撫でなければ大丈夫ねん」

本当かよ、と思いつつも飛竜が暴れる様子もないので、彼女の言う通りなのかもしれない。

「童貞おじさんも撫でてみるねん」

「いや、俺は……」

飛竜の見た目の厳《いか》つさとは反するつぶらで愛らしい翠玉《エメラルド》色の瞳が、ジィっと俺の心の奥底を覗き込むように見てくる。

「ほらほら、試しに」

スズさんが俺の腕を強引に引っ張り、近づけた。

と、飛竜の鼻先に手を伸ばせば触れられそうな距離になった時である。

「クギャアァッゥ」

耳をつんざくような金切り声を突然、飛竜が上げた。

それに呼応して係留されている他の飛竜が鳴き声を上げ始めた。

「ど、どうしたんだ……」

俺とスズさんがどうしたものかと立ちすくんでいると、飛竜船のスタッフたちが竜をなだめるようにその首を撫でていく。

「飛竜が怯えてる……?」

ポツリと呟かれたその言葉をスズさんが拾う。

「ジロルドさん、飛竜に怖がれてますん」

「いやいや、怖いのは俺の方だよ……」

竜も空も……ああ、何だって空なんか飛ばなければいけないんだ。

それにこれから命を預けるはずの飛竜も、何だか不穏な感じだし。

スズさんに不安な心を気取《けど》られないように、俺はそっとメガネを手に取ってレンズを拭うフリをする。

☆

船内は見た目以上に広々とした作りとなっていた。とはいえ、それは構造がシンプルであるがゆえだ。

階段《ステップ》を上がって通路の左手は御者台となっている。風防のガラス窓が設置されているが、基本的には剝き出しだった。これは空を飛んだら寒そうだ。御者の男が完全防寒スタイルだったのも納得である。

通路奥には階段が見える。

「船のこっちとあっちの階段は基本的に船員が利用する感じで立ち入り禁止で願います。二階に行っても見張り台しかないですから」

「見張り台……」

「空賊や野生の飛竜が近づいてこないかチェックしているんですよ」

「ああ、そんな説明もありましたね」

「ま、上空にも護衛用の飛竜は飛んでいますから、そんな心配しなくても大丈夫ですけどね」

通路から一段降りた場所、そこが乗客が空の旅の間中いることになる客室であった。

床が低く、天井が高い。

それだけで人間は広さを感じるものだが、部屋の主な構造物は両方の窓際に備えられた長椅子だけというのも空間の広さを強調する。ちなみに通路と客室の間には乗組員が待機できる小部屋的なものがあった。飛行中はそこに客室用の乗組員が常駐するらしい。

「意外と広いですね」

「気流の関係で揺れる場合がありますからね。あまりものはない方がいいんです」

アリシアの言葉に御者の男が答えた。

中に入るとふかふかの絨毯の感触が足裏に残る。

厚手の絨毯は防寒対策だそうだ。

「荷物は後ろの貨物室へ」

客室の後方には食器棚やらライティングデスクやらが備え付けられていて（もちろん固定されていた）、脇にある小さな出入り口のその先に貨物室がある。

「ここから六時間程度の飛行計画だから必要なもの以外は全部貨物室に入れておくように」

俺の言葉に女性陣はポーチに小物を分け入れていく。

その様子を眺めながら、俺は手帳にここまでの経過を書き込んでいく。――やはり飛竜船を使うと大幅な時間の短縮だなぁ……鉄道で王都までいけないことはないが、それだと乗り換えを含めて一週間近くかかってしまう。

そういうことを考えると飛竜船を使わざるを得ない。

手帳に記入が終わる頃合いには女性陣の荷物も片付いていた。今は何やらコソコソと打ち合わせをしている。

「……いや、ここは交代で」

「……ジロルドさんは私の案内なのに」

「……平等にいくねん」

合議制となると数の多い方が有利になる。

アリシアは落胆気味に対面の長椅子に腰掛け、リリィさんが今にも歌い出しそうな笑顔でその隣に座っている。

そして。

スズさんが俺の隣にちょこんと座った。

「隣、よろしくですすん」

「ああ、よろしく」

白い歯を少しだけ見せる微笑みに、俺はなぜか不吉なものを感じつつ、会釈を返す。そして、飛竜船はアルクナン市を出発した。

垂直に船が持ち上がったと思ったら、ゆっくりと前進している。乗船前の説明によると前の飛竜二体が推進力を生み出し、後方の二体が船を安定させる役割があるらしい。もう少し込み入った飛行理論はあるらしいが、今の俺はそれどころではない！

物体が空を飛ぶ？

何だそれは。

浮かぶものが落ちるのは自然の理《ことわり》。

この船だっていつかは落ちてしまうかもしれない……。

そんなことを考えると、俺の両足は当然のようにガタガタと震え始めてしまう。なぜ人は恐怖に駆られると身体を震わせるのだろうか。が、それを三人に気取られないように座りながらタップダンスを踊っているように見せかける。ふっ、完璧だ。

「童貞おじさん、うるさいねん」

「……すまない」

スズさんに注意されてしまった。

とりあえず、船が墜落さえしなければ何でもいい。

座席と体を固定するベルトの具合を俺は何度も確認する。……よし、壊れていないな。

窓から外を見つめているリリィさんが呟く。

「すごい……」

空を飛んでいるということで当然、浮遊感みたいなものはあるのだが、胃袋を揺らすその感覚が思った以上にキツい。

必要最低高度に達したのか前進速度が加速していく。

「どんどん、街が小さくなっていきますね」

アリシアが感動しているような口ぶりで言う。

前進しつつ高度が徐々に高くなっていくのを感じる。

床があるのにその下の空間が空っぽであることを想像すると地に足がついていない感覚に襲われて、嫌な汗が背中からブワッと吹き出す。

「あれ、ジロルドさん?」

「上長?」

と、床の一点をのみ見つめて堪《こら》えている俺の様子に気がついてアリシアたちが声をかけてくる。

「顔色悪いですけど大丈夫ですか？」

「吐きそうになったらすぐにトイレへ」

ちなみにトイレは貨物室の隣にあった。

「あ、ああ……」

二人の心遣いが身にしみる。が、一人だけ楽しそうな声音で話しかけてくる小娘がいた。

「ニシシ……童貞おじさん、高いところ怖いですん？」

「ん、いや、そんなことはないぞ。高いところは平気だ……」

平気じゃないのは空を飛ぶという行為だ。

いつ落下するかと思うと、気が気でない。

「じゃあ、外の景色でも見た方がいいねん。気分もスッキリするですん」

「いやいや。外の景色を見た方が吐き気が強くなる……」

「怖いねんなあ」

「こ、怖くない、怖くないから！」

ここは年上として、男として、情けない姿を見せるわけにはいかないのだ。

だがしかし、時すでに遅しと言ったところである。アリシアとリリィさんのいる方からクスクスと笑い声が聞こえてきた。

「上長にも苦手なものはあるんですね」

リリィさんの言葉に俺は苦虫を噛み潰したような気分になる。

「……苦手なものくらい誰にだってあるだろ」

やがて飛竜船は気流に乗ったのか安定飛行を開始した。

安定飛行を開始するとベルトを外して良いと乗組員から告げられる。そして船員は客室の隅っこに設置されたレコードから音楽を流し始めた。落ち着いた曲調で、優雅な雰囲気が部屋に漂う。

「雲の上で音楽が聴けるとはな……」

向かい側の窓から見える白い雲を薄目に眺めながら、俺はそんなことを呟く。

「童貞おじさんも風景を楽しめばいいのにん」

「……俺のことは気にせず楽しめばいい」

やがて三人とも空の景色に飽き始めて、サービスで出される酒やつまみを楽しみ始めた。

「……あまり飲み過ぎるなよ。パーティーは明日だが、宿にはいかなければいけないんだから」

「大丈夫ですん」

「スズさんの大丈夫はあまり信じられないのだが」

既に頰を赤らめて陽気な鼻歌なんか歌っているスズさんのことだ。王都にたどり着いた時には泥酔しているんじゃないかと思わずにはいられない。

ちなみにリリィさんもちょこちょこお酒を飲んでいる。さすがに酔っているというレベルではないが……仕事で王都に向かっている自覚はあるのだろうか。まあ、人生で一度乗れるかどうかの飛竜船だ。うるさいことを言ってもつまらないだろう。

そしてアリシアはつまみをかじっている程度で酒には手を出していない。

「……アリシアは飲まなくていいのか？」

「私はそれほど飲みたいと思わないですし、それにジロルドさんは気分が良くなさそうですし、二人がお酒飲んでいるので、まともな状態の人間が一人は必要かなと」

さすがに一流冒険者。

しっかりと状況を把握して、危機管理をしている。

「すまないな、気を遣わせて」

「いいえ。楽しいですし、全然構いませんよ」

澄ました表情のアリシアを頼もしく思いつつ、船の微かな揺れにビビる俺の心臓を一喝したくて仕方なかった。

しばらくはそのまま安定飛行が続いた。

このまま、何事もなく王都までたどり着ければ――だが、そうは問屋が卸してくれない。

「乱気流ですっ！」

急な船の大揺れに俺は動揺する。

「な、何が――」

「急いで椅子に座ってベルトを着用してください。少し船が揺れます」

客室と通路の間の小部屋から飛び出してきた乗組員の指示に従いながら、俺は額に脂汗をかいているのを感じる。

「既に少しのレベルを超えているんだがっ!?」

まるで大時化《おおしけ》の海原を小舟で突っ切ろうとするような、そんな無謀さを感じる揺れを体感する。

乗組員はこういう状況に慣れているのか近くの手すりを摑んで俺たちに落ち着くように指示を出していた。

「うぐぅぉっ……」

あまりにあまりな大揺れに変な声が漏れてしまう。

そして、声を漏らしたのは俺だけじゃなくて――。

「オエッ――」

隣のスズさんからあまり聞こえちゃダメな声が聞こえてくる。

いやまあ、酒を飲んでいたら当然か。

「童貞おじさん……」

とっても切ない声でスズさんが俺を呼ぶ。

この時、この場合でもなければドキッとして心揺さぶられていたかもしれないが、今の俺は俺自身が大揺れしている訳で。つまり、妙に色っぽい声音で呼びかけられても、頭に入ってこない。

「スズ、大丈夫!?」

「スズさん……」

リリィさんとアリシアの心配そうな声が聞こえてくる。

まあ、そりゃ心配だろう。

このまま行けば客室が吐瀉物《としゃぶつ》まみれの未来しかないのだから。

「童貞おじさん、吐きそうぅ……」

「知ってるよ！」

色っぽい声音からノックダウン寸前のボクサーのような声に変わってスズさんが窮状を訴えてくる。

「と、トイレ……」

視線を乗組員に送ると頭をブンブンと左右に振っている。

そりゃそうだ。

こんな大荒れの空の真っ只中で船内を歩かれちゃ、乗客の安全管理のあの字も吹っ飛ぶ。

「……我慢は出来ないのか？」

「無理、ねん……あ、吐きそ…………ぅっぷ……」

あ、ギリギリで我慢した。

しかし、スズさんが決壊するのは時間の問題である。

「俺が付き添いでトイレに連れて行く。怪我しても、責任はこちらにある。それでどうだ⁉」

乗組員の目を見つめて、俺ははっきりとした口調で言う。

俺に見つめられた彼は決断を迫られてあたふたするが、俺は逃さないように睨みつけるように目を据えた。あまり好ましい行為ではないが、強引にでもスズさんをトイレに連れ込まなければこの客室が吐瀉物まみれになる悲劇は免れ得ない。

アリシアやリリィさんが固唾を飲んで、乗組員の答えを待つ。

そして。

「――わ、分かりました！　トイレへ連れて行ってください！」

その返事を聞きながら、俺は自分のベルトを外す。

これでもう、俺は自分の身体の安全を手放したも同然だった。だが、そんなことを気にしている余裕はない。手早くスズさんのベルトに手をかける。しかし存外、手間取ってしまう……他人のベルトを外すのがこれほど難しいとは。べ、別に手が震えているとか関係ないから！　船が揺れているせいだからっ！

「童貞おじさん、ごめんなさぃ……」

「今、謝るんじゃない」

くっ、今、弱ったところを見せるなんて卑怯だぞ。

これじゃあ、怒るに怒れないだろ。

何とかスズさんのベルトを外して、俺は彼女に肩を貸して貨物室脇にあるトイレを目指す。彼女の色々柔らかい何かが当たっている気がするが、全くそんなことを意識する余裕はない。とにかく吐くもの吐かせて、俺はさっさと席に戻りたかった。

「気をつけて」

「……っ」

心配そうに俺とスズさんを見てくるリリィさんたちに、俺はウインク一つ返す。

正直、怖くてたまらないが、ここで腰を引いても仕方ない。ダンジョンの階層主との戦いを思い出せ。いつだって怖くて仕方なかったが、それでも俺は切り抜けてきただろ。今回だってそうだ。

こんな揺れに負けてたまるか……！

貨物室脇にあるトイレの扉を勢いよく開いて、壁に背中を預けるようにもたれかかりながら、スズさんを便器へと誘導する。膝をついて便器を抱え込むようにして、スズさんが顔を近づける。

「うっぷ……これから吐くですん」

「言わなくていいから。知ってるし」

そこからはひたすら嘔吐《おうと》タイムだった。

揺れる船内で彼女が倒れないように脇から腕を差し込みつつ、背中をさすってやった。

「全部吐くんだ。そしたら楽になるから」

「言われなくても……うっぷ、おっぷ…………」

「かわいい吐き方だな」

女性が吐いている姿を間近で見るのはこれが初めて……いや、ダンジョンでモンスターに喰われた人の死体を見て吐いている女冒険者がいたか。

ともかくスズさんが吐いている様子を俺は間近で見ることになったのだが、不思議と嫌悪感は湧かなかった。

「……ありがとねん、童貞おじさん。助かったねん」

「客室を吐瀉物まみれにはしたくなかったからな」

絨毯等の交換費用でどれだけ請求されるか。いや、そんなことはどうでもいいが。

俺の言葉にイラっとしたのか、スズさんが憎まれ口を叩く。

「……吐くときは童貞おじさんに向かって吐くねん」

「そういうことが言えるくらいになったのなら大丈夫そうだな」

「そういえば……だいぶ、楽になったですん」

よかった、よかった。

確かに吐き気は落ち着いたのか、ちょっとばかりげっそりしたような表情だが、薄い笑みをスズさんが浮かべている。

「そして、吐き終わって気がついたねん……」

「ん？」

「ボクのおっぱいに童貞おじさんの腕が当たってるねん」

「──ッ!!　し、仕方ないだろ！　揺れて、倒れて頭でもぶつけたら大変なんだからっ！」

脇から差し込んだ腕のことを言っているようだ。

口元を手の甲で拭いながらスズさんがニヤリと悪い笑みを浮かべる。

嫌な予感しかしない……。

「童貞おじさん、もとい変態おじさんのえっち」

「変態おじさんッ!?」

「何だったら、ちゃんと揉んでもいいですん！　トイレまで連れてきてもらったお礼ねん！」

「いやいや……」

こんなところでまで俺にアピールしてこなくたって良いんだぞ……というか、用が済んだことだし、一刻も早く座席に戻ってベルトを締めたい。

「ほれほれ～」

それなのに下心を隠しきれない世のおじさん並みに品のない口調で、スズさんは自分の胸をむにむにと俺の腕に押し当ててくる。脇でしっかり腕を固められているので引き抜くことも出来ない。柔らかい感触しかないのに、俺の腕は微動だにしない。な、なんてことだ……。

「くっぅ!!」

そして、俺も男である。

先ほどまでは本気で安全のために差し込んでいた腕だが、今やスズさんの下乳を感じるだけの感覚器官に成り下がっていた。こ、こんなはずでは……。

「嬉しいですん？　嬉しくない訳ないですん！」

「や、止めるんだ、スズさん！」

「素直じゃないねん、童貞おじさんは」

「や、柔らかいっ!?　これがいわゆるマシュマロおっぱ――」

と、船が大きく揺れて。

「ひゃんっ――童貞おじさんのえっち……」

「へ……？」

何が何やら。

揺れた拍子に俺はスズさんの敏感などこかを刺激してしまったようで。

上気した頬の彼女は上目遣いに潤んだ瞳で俺を見つめてくる。しかし、それは大きなチャンスだった。力の抜けた彼女の脇から俺は一気に腕を引き抜く。

「……調子が戻ったのなら、席に戻るぞ」

何やら俺は急所的な部分に触れてしまったようで、スズさんは大人しく俺についてきた。

「スズ、大丈夫？」

「大丈夫ねん。心配かけてごめんですん」

「……調子が戻って良かったです」

トイレ内での出来事はアリシアたちには気付かれていないようである。妙に静かなスズさんも気分が悪いせいだと誤認しているようだった。

やがて乱気流から抜け出したのか、飛竜船は安定飛行に戻った。

「ふぅ……死ぬかと思った」

「そのセリフはボクのものですん」

「スズさんの場合は自業自得だよ」

俺の言葉にスズさんは肩をすくめてみせる。

「それじゃあ、そろそろ約束の席替えをしましょうよ」

と、リリィさんが俺たちの会話に割って入ってきた。

「席替え？」

「あ、ジロルド上長はその席のままで」

え、何だそれ。

「もう少し童貞おじさんの隣がいいねん」

「何言ってるのよ。乱気流のせいで、席替えの予定時間から延びてるんだから、さっさと交代してよね」

「むふぅーっ」

不服そうに唇を尖らせるスズさん。だから、席替えとは？

「分かったですん。そんなにリリィちんが心の狭い女だとは思わなかったですん。おっぱいは大きいのににん」

「……余計な言葉が多すぎるのよ、スズは」

頭痛がするかのように顔を歪めつつ、リリィさんはスズさんにツッコミを入れた。

「ほら、さっさと移動する」

そうして、俺の隣にリリィさんが着席した。スズさんは先ほどまでアリシアが座っていた席に腰掛ける。

「……俺の隣に座りたいがために、君たちは席移動をするわけか？」

「そうなりますね」

ピンク色の舌をちょっぴり出して、しれっとリリィさんが言う。

まあ、いい。

この程度は許容すべきだろう。

「俺の隣に座ったたって、つまらないだろ」

何せ俺は外の景色を見るのでさえ、おっかなびっくりな男だ。

「そんなことないですよ。上長の隣に座れるなんて、幸せでしかないです」

「そうか……なら好きにすればいい」

「はい、好きにします」

えへへ、とだらしなく微笑みながら、リリィさんが俺の肩に頭を乗せてくる。まあ座高の差もあって、乗せるというよりは預けるという方が正しいか。甘い匂いが香って、にわかに心臓の鼓動が速まってしまう。

「ほわっ!?」

「あー、リリィちん、ずるいねん！」

「リリィさん、それは良くないです」

危ない危ない、驚きのあまりメガネがずり落ちるところだった。

アリシアたちもリリィさんに抗議の声を上げる。

だが、そんなものは彼女の意に介さないようで。

「隣の席に座った特権です」

「ぐぬぬ……」

「私が隣に座ったら何をしようかな……」

アリシア、真面目な顔して不穏なことを言うのはやめてくれ。普通に俺の隣に座って欲しい。

「リリィさん、俺の意思というのはどこに？」

「えっ、上長は可愛い女の子に寄りかかられて拒絶するんですか？」

「……いや、拒絶しないが」

さり気なく自分を可愛い女の子と言ってしまうあたり、リリィさんもスズさんに負けず劣らずメンタル強い系女子なのかもしれない。

俺の答えに満足したのか、リリィさんはあろうことか、俺の腕にポールダンスのダンサーがごとく絡んできた。当然、柔らかくてフニフニした物が腕に当たっている訳で。

「くぅっ……」

本日二度目の胸の感触に俺は必死に顔色を変えないように努力する。

「リリィちん！」

「リリィさん！」

対岸の女性陣が一気に抗議の声を上げた。

いや、スズさんに声を上げる権利はないとは思うけど……。

「二人ともどうかしたんですか？」

「どうかしたかじゃないねんっ！　その体勢だとおっぱい当たってるですん！　公衆の面前で破廉恥はいけないねんっ！」

やはりどの口が言っているのかと問いたくはなるが、スズさんの言葉は正論である。

一応、顔見知りの四人だけ（まあ乗務員がいるのだが）とはいえ、あまり褒められた行動ではない。

良識派なリリィさんが一体どうして……。

「当たってるんじゃない、当ててるんですっ!!」

いやそんな堂々と言うようなことではないのだが。

「リリィさん、いつもの君らしくないぞ？　どうした？」

「それは、出発してから上長と全然イチャつけないなあって……」

「あのなあ……」

イチャつけないいって。

そんなの仕事なんだから、当たり前だろうに。

「気持ちは分からなくはないが、でも、やっぱり人前ですることじゃないと思うが」

「ううっ……」

俺が窘《たしな》めると自分がやってることの滅茶苦茶さを自覚していたのか、肩を落としてしまうリリィさん。

突拍子がない、というか突然の積極的行動には驚かされた。

だが、シュンとする彼女を見て、俺の心が動かされない訳でもない。

「腕を絡ませるのはダメだが、……まあ寄りかかるくらいは仕方ないだろうな。君がうたた寝でもしていたら」

だから、俺がそう言ってリリィさんが表情を明るくするのを見て、俺は自分が微笑むのを抑えることは出来なかった。

彼女の笑顔はまるで真夏の太陽のようなものである。

そこにあるだけで生命力を分け与えてくれるような、そんな気がするのだ。

リリィさんが俺に密着するように座って、そして寝たふりをし始めてから数時間。

そろそろ窓の外の景色が夕暮れの薄紅色に変わろうとし始めた頃合いである。

その瞬間は何の前触れもなく訪れた。

落雷のような、空間を切り裂く咆哮《ほうこう》が聞こえた。

「な、何ですっ!?」

寝たふりをしていたリリィさんが跳び起きる。

「分からない……」

慌てて乗務員が飛び出していくのを横目に見ながら、俺はアリシアに視線を向けた。彼女は窓の外を注意深く窺っていた。

「――ジロルドさん、どうやら野生の飛竜が襲撃してきたようです」

「何だと……」

そんな馬鹿な。

一応、そういう危険があることは乗船前に説明された。だが、遭遇する可能性はほとんどなく、仮に遭遇しても普通なら単体で行動する飛竜の場合、上空で飛んでいる飛竜が応戦している間に逃げ切れると聞いていたのだが――。

「お客様、ベルトを着用してください！」

息急《せ》き切って戻ってきた乗務員が俺たちにそう告げる。

「飛竜が襲ってきたのですか？」

俺の質問に彼は緊張気味に小さく頷いた。

「……信じられないことですが、群れです。飛竜の群れがこちらに向かって飛んできています。それも物凄い興奮状態です」

「群れ？　興奮状態だと？」

鸚鵡《おうむ》返《がえ》しの言葉に乗組員は泣きそうな表情を浮かべる。

と、ちょうどまた雷鳴のような咆哮が聞こえた。

「飛竜は興奮すると今聞こえたような咆哮を上げるんです」

「これからどうするんだ？」

「分かりません。こんな事態、全く想定していなかったので……」

血の気の失せた彼の顔を見れば、事態の深刻さは火を見るよりも明らかであった。

「想定していないだと……」

責めるような圧をかけるつもりはないが、相手はそう感じなかったようで必死に頭を下げてくる。

「飛竜の群れなんて、そもそもあり得ないんですよ。何であいつら、こんな小さな船を集団で

――」

ブルブル震えて立っているのもやっとな調子の彼に、これ以上問いかけても意味はないだろう。

ならば、御者の男に話を聞きに行くべきだろう。座して待つのは性に合わない。

「失礼」

「あ、お客様！」

「あなたはここにいた方が良いと思います」

俺の後にアリシアが続く。

その表情は既に幾つもの死線を超えてきた冒険者のものに変わっている。彼女の尋常ならざる鋭い眼差しを見て、乗務員は言葉を失う。

「リリィさんたちもここで待機していてください」

「……はい！」

「二人とも気をつけるねん！」

部屋を出て通路を抜ける。

御者台のガラス窓の向こうには、橙色に染まった世界が広がり、巨大な雲の合間からは多数の飛影が見えた。竜がその牙を研いで隠れている。

「お客様っ!?」

御者台に入ってきた俺たちに気付いた御者が驚きの声を上げる。

「状況はどうなっている？」

「そ、それは――見ての通りですよ。飛竜が二、三体で一塊になって、一定の距離を取ってこの船を囲んでます」

切迫した状況だからか、御者の男は俺たちを追い返すこともなく簡潔に説明してくれた。

「なぜ群れなんだ？」

「それは分からないですよ。こんな状況、聞いたこともない」

あまりの逆境ぶりに男の脳が何かしら神経物質を分泌したのか、彼の口元には楽しげな笑みが浮かべられている。

「聞いた話だと興奮しているそうだが？」

「そうですね。興奮、というよりも怯えているというのが正しいかもしれないです」

「怯えている？　……それはどういうことだろうか？」

「飛竜は見た目こそ厳《いか》ついですが、その実繊細な生き物なんですよ。餌を変えただけで食べないなんてことはしょっちゅうあって――まあ、野生の飛竜もそうかと言われたら保証はしかねますけどね、取り囲んでる連中を眺めるに、あれはビビってるんですよ」

「ビビっているだと？　……何か心当たりはあるか？」

「いや、何にビビってるのかまでは分からないですよ。ただ、昔読んだ報告書《レポート》には炎龍のような巨大な竜種と遭遇した際なんかは群れを形成して興奮状態になるとか」

「炎龍だと……」

ダンジョン外に存在するモンスターの中でも、特別生命力が強く人間の脅威として認定されている種がいる。強大種として分類されているが、そのうちの一つに炎龍がいた。

普段は火山の火口などに生息していて人前には滅多に姿を現さないが、何十年かに一度山の麓の街に降りて来ては暴虐の限りを尽くすと言われている凶暴な竜種である。

火口付近で活動しているので、その生態は詳しくは分かっていない。だが、炎龍が人前に現れ出た時、それはつまり災厄の時であるからに、強大種に指定されていた。

そんな炎龍に匹敵する存在がこの周辺にいるということか――？

「ちなみに炎龍相当のモンスターは確認出来ているのか？」

「それが確認出来てないんですよ。だからあいつらがビビってるのはこの船としか思えない訳で」

そこで言葉を区切って、御者の男はアリシアを見遣《みや》った。

「もしかしたら、お嬢さんにビビってるのかもしれねえなあ……」

「私に!?」

「詳しくは聞いてないが、お嬢さん、腕利きの冒険者だから王都に呼ばれたんだろう？」

疑わしげな眼差しを向けられてアリシアは憤慨する。

「確かに私はトップクラスの冒険者なんて評価されていますが、私程度の冒険者なら過去にいくらでもいたと思います。そういう人たちが飛竜船を利用した時はどうだったんですか？　群れに襲われましたか？」

「……すまねえ。そうだよな。冷静に考えれば、お嬢さん一人であいつらを引き寄せる力なんてある訳がねえ」

「…………」

御者の言葉に、俺は心臓を釘で打ち抜かれたような気分になる。

「分かって頂ければ幸いです」

アリシアが謝罪する御者の言葉を受け入れているような気がするが、俺の耳にはろくに届かない。

――俺のせいだろうか。

確信にも似た仮説が頭に思い浮かんで、思考が停止するのを肌で感じた。

まだ遠くを飛んでいる飛竜の影を見つめながら、冷たいものに心の臓を包《つつ》まれるような不愉快な感覚に陥る。

「ジロルドさん？　どうかしましたか？」

「あ、いや……」

歯切れの悪い俺にアリシアが小首を傾げる。俺は何とか顔色を変えず、内心だけの叫びに留《とど》めることに成功した。

お、俺のせいなのか!?

本当に、俺のせいだというのかっ!?

――前世とはいえ、ダンジョンを踏破した俺である。それはつまり、冒険者という存在の中でもトップオブトップ。しかも長い冒険者の歴史でも単独でのダンジョン踏破を成し遂げたのは、過去に一人しかいないのだ。

つまりアリシアが一流冒険者なら、俺は超超超一流冒険者だった。現世では大した実績もないが、魂が転生したと考えるなら前世の俺の資質を継承していると考えてもいい。それはつまり、強大種にも匹敵する存在と飛竜に認められたとしてもおかしくないということだ。

伏線はあった。

飛竜船に乗る前に、飛竜を撫でようとして鳴かれてしまったが、あれは俺が嫌われていたんじゃない。俺にビビっていたからである。

スズさんが、怯えている？　なんて言っていたがその通りであったのだ。

……俺のせいだな、間違いなく。

さて、どうしたものか。

飛竜の群れに囲まれている原因は、ほぼほぼ分かった。

問題はこの状況をどう打開するかである。

「……ちなみに王都まではどれくらいかかる？」

「あと二時間弱ですかね」

「緊急避難的に着陸することは？」

「可能ですが、飛竜ってのは高い位置から急降下して獲物を襲う性質があるんです」

「つまり、着陸しようとしているところを襲われる可能性大ということだな」

「そういうことになりますね」

飛竜というのはでかい図体をしているくせに、俊敏な狩りの仕方を取っているのだな。

「だから、船の上空に護衛の飛竜を飛ばしてるんです」

「ああ、なるほど……」

船の上を取られたらおしまいということか。

仮に襲われても上で時間稼ぎをしている間に危険空域を離脱できる。そういう計算がある訳だ。

もちろん、群れで襲われた場合はその限りではないのだろうけど。

「どうしたらいいと思う？」

「王都の上空まで行けば警備隊がいるので助かる可能性は高まるかなと」

「つまり、それまでこの状態を維持し続けなければならないってことか」

「それもかなり楽観的に見積もってのことですよ。いつ、飛竜が襲ってくるか分からないんですから」

「なるほどな」

斜め後方に落ちていく太陽の日差しが白い雲を朱《しゅ》に染め上げている。雲の影が出来たところは暗く、飛んでいる飛竜を見失いがちだった。

「……夜になると飛竜はどうなる？」

「昼間と変わりません。夜目《よめ》は利きますよ」

「だろうな」

飛竜船が夜間飛行が出来るのだから、当然ではある。

手詰まりな状況であった。

王都にたどり着くまで、状況を維持するという消極的な案が最も現実的という——と、再び咆哮が聞こえた。続いて悲鳴にも似た鳴き声。聞こえてきた方角は真上、はるか上空からである。

「戦闘が始まった……」

御者の男は絶望したようなしゃがれた声を出し、薄い雲のせいで何も見えない空の上を見やった。

「上がどういう状況かは分からないですが、上の守りが破られたら、次は確実にこの船が襲われます」

震える声で言う御者を見て、俺はアリシアに視線を送る。

俺のアイコンタクトに彼女は唇を真一文字に結んで、即座に頷く。

「俺たちは上の見張り台に上がらせてもらう。何か武器になるものはあるか？」

「……一応、手槍と弓矢が……でも、お客さんたちが戦えるんですか？」

「大丈夫だ、ここにいるアリシアは一廉《ひとかど》の冒険者だし、俺は冒険者ギルドのギルド長だからな」

「ギルド長は関係ないんじゃ……」

俺たちは御者台から飛び出し、通路を抜けて、階段を駆け上がった。

身を切るような寒風が見張り台には吹いていた。

「な、何だ、あんたたち!?」

御者の男より一回り大きい体軀《たいく》の男が槍を手にして立っている。見た目こそ勇敢な雰囲気を醸し出しているが、槍を持つ手は震え、足元はよろついていて、明らかに恐怖に取り憑かれていた。

「加勢に来た。上空の守りが破られるのは時間の問題だろう。そうなると飛竜の次の標的はこの見張り台になるはずだ。一人で守るより三人の方が守りやすいだろ？」

「それはそうだが……やれるのか？」

「冒険者と冒険者ギルドのギルド長だ。そこらへんの人間よりは戦い慣れている」

「それなら助かる。──武器はそこに、予備の防寒具は通路脇の収納スペースにある」

一人では心細かったのだろう。

男はかけていたゴーグルを外して、こちらに手を差し伸べてくる。俺はその手を取って堅く握手する。

「アリシア、頼む」

「はい」

アリシアが階下の収納スペースに防寒具を取りに行ってる間に、俺は武器の方を確認する。

「弓矢、と言うかボウガンか」

「飛竜相手だと致命傷とまではいかないが、追い払うには十分だと思うぞ」

「これは威嚇、牽制用だな……こっちの槍は中々良いのを使ってるな」

「飛竜船はモンスターよりも人間の方が脅威だからな」

「空賊だな」

「連中が乗り込んでこれないように槍を使うのさ」

「飛び道具の方が有効なんじゃないか？」

「あんたはこの船がどれくらいのスピードで飛んでると思ってんだよ」

「……なるほど」

飛び道具はそもそも当たらないのか。え、それじゃあ飛竜にも当たらないのでは？

そんな疑問を抱きつつ、戻ってきたアリシアから防寒具を受け取る。

毛皮付きで暖かいが、身動きが取りやすい代物ではなかった。どうやら安物の防寒具らしい。だがないよりは断然マシである。目の部分全体を覆う大きなゴーグルを眼鏡の上からかけて、俺は可動範囲の確認を行った。

「動き辛いですね……」

ゴーグルを装着しながらアリシアは感想をこぼす。

ダンジョンに入っていく時、これほど鈍重になるような装備品は身につけないだろう。

「アリシアが俊敏に動く必要はない。目の前の飛竜を追い払うことだけを意識してくれれば良いぞ」

俺は槍を彼女に持たせて、ポンとその肩に手を置く。

「俺がアリシアの死角を守るから」

「ジロルドさん……」

トゥクン、という不思議な音が聞こえたが、きっと空耳だろう。

何やらアリシアがモジモジと奇怪な動きを始めたが、上空の悲鳴のような鳴き声が聞こえなくなると、見張り台の男が叫んだ。

「来るぞ！」

即座に見張り台に緊張が走る。

俺はボウガンを構えて空を睨みつける。この武器を使用したのは、転生後のことであり戦闘訓練の一環で多少触った程度であった。まあ、原理は弓矢と同じなのだ。細かいことは気にしても仕方ない。矢を当てればいいのだ。それだけである。

「八時の方角！　三体来るぞ！」

さすがに見張りに関しては一日《いちじつ》の長があるか、見張り台の男が声を張り上げる。

「ボウガン、撃つぞ」

中距離用のミドルボウガンから矢が発射された。

空を切り裂くような鋭い軌道を描いて、飛竜の一体に突き刺さる。翼の部分に刺さったのか、飛竜が咆哮を上げながら落下していく。

「……お見事」

見張り台の男が驚いたようにボソッと呟く。

そんな感心している場合じゃないのだが――。

「飛竜が来るぞ！」

爪を立てた飛竜が滑空してくるのを、男が槍で必死に応戦している。なるほど、これは鷹が獲物を狙っている時とそっくりじゃないか。

遅れて飛んでくる飛竜の瞳に照準を合わせて、俺は間合いが近づくのを待つ。そして、撃った。

矢は再び真っ直ぐに飛んで飛竜の瞳を射抜いてみせた。

「おいおい、百発、百中かよ……！」

やっとの事で飛竜を追い払った男が息を切らしながら、神を恨むような声で言う。

「ジロルドさん、来ます！」

「任せろ」

二回も撃てば充分だった。

射程距離《レンジ》とブレ幅の感覚が、俺の指先と目をつなぎ合わせる。

今度の飛竜は一列に隊列を組んで突撃してきた。竜種は賢いと聞いてはいたが、ここまでとはな。

だが、その程度なら、まだ俺は対抗出来る。

一発目を射程距離に入った直後に放つ。

弓矢の神に祝福されたかのような芸術的な軌跡を描きつつ、矢は飛竜に命中する。絶命したかは分からないが、飛行不能になったのか墜ちていく一体目。間を置かずに二矢目を装填し、発射。

「三体目は任せた」

「はい！」

墜ちていく二体目の陰から飛び出してきた三体目が鋭い爪をアリシアへと伸ばしていく。けれども、その鋭利な爪は届かない。

アリシアの的確な槍さばきの前では直線的な攻撃が通じる訳もないのだ。

弾かれて体勢を崩しかける飛竜に、アリシアは叩《はた》き落とすような痛烈な一撃をその頭蓋に見舞う。

飛竜は失神でもしたのか、力なく自由落下していった。

その後も飛竜の襲来を受けつつも、決定的な損害《ダメージ》を受けることもなくやり過ごすことが出来た。

「……この調子なら、何とか持ちそうだな」

飛竜襲来から小一時間が経過した頃。

額の汗を拭いながら、見張り台の男がそう口にする。

「安心するのはまだ早いぞ」

「だけどよ、この守りは鉄壁だぞ？　特にあんたのボウガン捌《さば》きは最高だ。あんた何者だ？」

「俺はただのギルド長だよ」

飛竜たちも突撃攻撃が功を奏さないことを察して、攻撃を中断している。上空でどんな飛竜会議が行われているのか想像したくはない。

「このまま行ければ生きて帰れるかもしれねえなあ……」

「同時に襲撃されれば終わりだぞ」

「はっ、悲観的なやつだな」

「冒険者は悲観的な方が生還しやすいんだ……」

前世での経験則である。

実際、ここまでは襲いかかってくる飛竜に対して上手く対処できている。だが、ここから先、どうなるか――。矢だって無尽蔵にある訳ではない。残り二十本程度である。幸い取り囲んでいる飛竜の数的に足りないということにはならなさそうではあるが。

ぐつぐつと湧き出る温泉のように、吹き出す汗を防寒具の下に感じながら俺は思考を巡らせる。

「アリシア、体力は大丈夫か？」

「余裕です」

さすがに体の鍛え方は見張り台の男とは違うようで、アリシアは涼しい顔をしている。だが、慣れない空中での戦闘は想像以上の消耗を彼女に強《し》いているだろう。少なくとも精神的な疲労は大きいはずだ。

「少し休憩するんだ。見張りは俺がやる」

「いえ、ジロルドさんこそ休んでください」

「俺を年寄り扱いするつもりか？」

「そういう訳じゃ……」

口ごもるアリシアに俺は笑ってみせる。

「冗談だ。だが、休むように言っているのは冗談じゃない。本気だ。ボウガンを撃つだけの俺の方が疲労度は低い。アリシアの休息の方が優先度は高いって話だよ」

「……それなら、休ませてもらいます」

アリシアは見張り台の隅っこに腰を下ろして、深呼吸をした。

「あなたも休息を取った方がいい。見張りは俺一人で充分だ」

「助かるよ。でも、無理すんなよ」

「大丈夫だ」

若い頃よりは体力は落ちているが、今だってやろうと思えば一週間の不眠だって耐えられる。この程度で疲労していてたまるか。

流れる雲を見つめながら、視界を広く取る。

俺は背後を取られないように定期的に立ち位置を変えた。

空はすっかり夕焼けから静寂なる夜の世界へと赴きを変化させていた。吹き付ける寒風は、更にその冷たさを増して体温を奪っていく。

自分の吐息でゴーグルが曇ってしまわないように注意しながら、俺は夜の空を観察する。夜目の利く飛竜の方が有利ではあるが、俺とて真っ暗闇のダンジョンでいくつもの死線を超えてきた経験がある。五感を研ぎ澄まし、存在を察するのだ。前世で偶然、ダンジョン攻略に同行した冒険者が『お前は一体いくつ目を持っているんだ』と呆れていたのを思い出す。

夜空は静かな世界だった。

穢《けが》れなき真白《ましろ》な月明かりが照らすここは、静寂を脅《おびや》かす存在を決して許さない不文律があるように思われる。この空のどこかを飛ぶ飛竜の羽ばたく翼の音も今は聞こえなかった。静謐《せいひつ》さが月光と共にこの空を満たしている。

「ジロルド上長」

「アリシアちゃん」

と、そんな静寂を破る者が二人、リリィさんとスズさんだった。

「どうしたんだ、二人とも」

防寒具も身につけずに（予備はもうないのだろうが）、彼女たちは見張り台に上がってきた。

「寒いだろうと思って――コーンスープを持ってきました」

「スープ！　それはありがたい」

　寒さに震えるほどではないが、戦闘状態が小休止に入り汗が引いた今、防寒具を着ていても心なしか全身が冷えていくのを感じていた。

　そんな状況でコーンスープを飲めるとすれば、喜び以外の感情を見いだすのは難しい。

「御者の人が今なら渡しに行っても大丈夫だろうって」

「そうか」

　二人はボウル型の食器に保温ポットからスープを注ぎ、俺たちに手渡す。寒すぎて舌が馬鹿になっているのか味は全く分からなかったが、胃の腑に流れていく熱い液体は、まさしく俺たちの生命力として変換されていく。

「……助かるよ」

「いえ、私たちは戦えないので、これくらいしか出来ませんから」

「ボクが戦っても足手まといになるのが目に見えてるからねん」

「いや、でも本当に助かるぞ」

　戦闘中の食事はその後の士気や体力に大きな影響を与える。それはつまり生存率にも影響する訳で。命のやり取りは一瞬だ。一瞬の判断力を支えたのが、この熱いコーンスープになるかもしれない。

　俺は二人に本気で礼の言葉をかける。

　飛竜がいつ襲ってくるか分からない見張り台に上がってくるなんて、恐ろしくて仕方がないはずなのに。

「私たちはこれで戻ります」

「ああ……ちなみに王都まではあとどれくらいとか言っていたか？」

「三十分程で防空圏内に入ると言ってました」

「そうか」

仮に防空圏に入ったとしても、すぐに警備隊が来る保証はない。それどころか飛竜の群れに恐れをなして逃げてしまうかもしれない。

いや、今、そんなことを考えても栓なきこと。

とにかく防空圏に入るまでの時間を稼ぐことに集中しなければ。幸い、飛竜はまだ襲撃を再開してこなかった。

「リリィさんたちは下の客室で待機しているんだ」

「はい……」

「俺たちはここで飛竜からの攻撃を防ぐ」

「分かりました。上長、どうかご無事で――」

「ああ、ありがとう」

「童貞おじさんなら大丈夫ねん、リリィちん」

名残惜しそうな眼差しで俺を見つめるリリィさんをスズさんが引っ張って降りて行った。

「――王都までもう少しなんですね」

「らしい」

アリシアの言葉に頷くが、男の方は腹の底から出しているような渋い声で唸った。

「だが、飛竜がそれまで黙ってるとは思えねえなあ」

「間違いない」

やがて、眼下の山脈を越えてから高度が徐々に落ちていく。広がる平原の各所に小さな蠟燭の灯《ひ》のような明かりが見えた。あれは街だろうか。このまま行けば王都にたどり着く、そんな思いが脳裏をよぎった瞬間だ。

「飛竜だッ!!」

まるでタイミングを見計らったかのように上空からの襲撃が再開される。

「三時の方角です、——と一時の方角からも来てます!!」

「こっちも来てるぞッ、クソがぁッ!!」

懸念していた同時攻撃の始まりだった。

「飛竜の攻撃を受け止めるな。受け流していくんだ!」

こうなってくると、先ほどまでの戦い方を変化させなければならない。墜とすのではなく追い払うのである。

一体に手間取れば二次、三次攻撃を受けてしまう。それでは見張り台の守備陣形は崩壊し、船は耐えられないだろう。

「あっ、飛竜が下に回ってやがる!」

「何だとッ!?」

「体当たりだッ！　手すりに掴まれぇっ!!」

手すりを掴んだ刹那、ズシンと腹の底に響くような揺れを感じた。ショックに備えていなければ見張り台から放り出されていたかもしれない。

更なる危機が飛竜船に襲いかかってくる。

上空からの攻撃に備えているだけで良かった状況から、大きく状況は変わった。この見張り台を襲ってくる飛竜は陽動、本命は船本体への攻撃だったのである。小賢《こざか》しい真似を……ぐぬぬっ。

「クソッ——アリシア、ここは任せた！」

「はい！」

俺はボウガンを連射しつつ、階段を駆け下りて御者台に飛び込む。そこは破れた防風ガラスが散乱し、額をガラス片で切った御者がうずくまっていた。

「大丈夫か!?」

「ええ、何とか……」

「状況は？」

「飛竜が正面からぶつかって来やがった……今は旋回してるが、もう一度突っ込んでくる気だぞ、あいつら」

ポタポタと血を垂らしながら御者の男は正面の空を指差した。

目を凝らさずとも、そちらの方角からモンスターの強烈な殺意をひしひしと感じる。ダンジョンで何度も味わった、あのえも言われない独特の空気感は転生したからといって、そうそう忘れられるものではない。

「牽引する飛竜を襲わないのは何でだ?」

「同種だからじゃないですかね。船が襲われたことがあっても、飛竜が傷ついた事例はなかったはずです」

「なるほど……どうするべきだ?」

取れる方法はそう多くない。

思考をフル回転して、最速で答えを絞っていく。

「なあ、二つ質問していいか? 一つ、この船を牽引している飛竜に俺は乗れるか?」

「——は?」

突然の質問に御者は言葉を失う。

「だから、俺を背に乗せて空を飛ぶことは可能かと聞いているんだ」

「いや、え、何を——」

「言葉通りだ。早く答えてくれ」

「——飛竜の背に乗ることは可能ですがそれには訓練をしたり、乗る飛竜と心を通わせたりしなければいけなくてですね」

「二つ、牽引する飛竜が一体足りなくても平気か?」

「え——それはまあ、緊急時を想定して、大丈夫なように設計はされていますが」

「具体的には？」

「三体で飛ぶ場合は、後方の一体を貨物室の後ろに配置することでバランス性は失われますが、飛べます」

「分かった。なら問題ないな」

「え、何が――」

俺は問い返す御者に一瞥《いちべつ》くれて、客室に飛び込む。

「ジロルド上長!?」

「何してんねん、童貞おじさん!?」

今は二人の質問にも答える時間はない。

「船が揺れる。備えろ」

「は、はい――」

かける言葉はそれだけしかなかった。

俺は踵《きびす》を返して、見張り台へ駆け上がる。

「ジロルドさん!?」

「飛竜の体当たりを食い止める」

「え、どうやって――」

「どうもこうもない」

俺は矢をありったけ摑み取りながら見張り台の後方へ向かう。眼下を確認すれば二体の飛竜が上空の攻防など無縁だと言わんばかりに、悠々と翼を羽ばたかせている。

……よし、ちゃんといるな。

悪いがその余裕、取り払わせてもらうぞ。

「え、お客さん、何で――」

男は目を瞠《みは》って俺を見つめた。この死線を超えるには、これしかないのだ。

「アリシア、しばらく上空の飛竜を頼む」

「はい、それはもちろん！　でもジロルドさんは――」

「俺は、こいつに乗って、ぶつかってくる飛竜を仕留める」

え、と微かに聞こえたアリシアの声を背中に、俺は見張り台から飛び降りる。着地点は牽引ロープに繋がれた飛竜の背中だ。

「クギャァァ!?」

突然の俺の騎乗に飛竜は驚き暴れる。何より、俺との接触に怯えていたくらいだ。例えるなら突然毒グモが衣服の中に侵入してきたようなものだ。暴れて当然。俺は振り飛ばされないように、必死に背中の突起にしがみつく。

「俺の言うことを聞け……」

調教スキル。

ダンジョンにおいてモンスターを捕獲し、調教し、使役するスキルがある。

別に俺はその本職という訳ではないが、やはり前世においてダンジョンを踏破するにはモンスターの力を借りる局面というのはあった。

至高の技を持っている訳ではないが、飛竜を一時的に支配下に置く程度の力業《ちからわざ》は出来るはずである。何せ、中位の階層主を使役したこともあるのだから。

調教は肉体の支配から精神の支配へと段階を踏んで移行する。

だが今は時間がない。

ゆえに最初から俺は精神の支配を実行した。

やり方は簡単。

モンスターのその魂に、俺の魂の断片を刻みつけるのである。言語化しづらい部分だが、わかりやすく言えば調教者の所有物であることをモンスターに強制的に認めさせるということだ。

本来ならば肉体の支配で精神的に弱らせて行う作業ではある。が、今は問答無用。俺が支配者であることを飛竜に分からせてやる。

「おい、大丈夫かっ!?」

見張り台から顔を出した男が俺に問いかけた。

「ああ、大丈夫だ」

「飛竜の背になんか乗って暴れるんじゃ――って、えっ、大人しいっ!?」

驚きのあまりポカンと口を開ける男。

「な、何で」

「まあ、少しコツさえ摑んでいれば可能だ」

飛竜の背中を叩いて牽引ロープを噛み切らせる。

「コッって……あ、あんた、何者なんだ？」

「ただの冒険者ギルドのギルド長ですが」

俺は飛竜の脇腹を軽く小突く。

まだ連携が完璧とは言えないが、俺の意思を飛竜は忠実に読み取って船を迂回し前方に躍り出る。

「まずは体当たりを阻止する」

船から離れたところで様子を窺うように旋回していた飛竜の集団に俺は突撃していく。

「ブチ当れ」

「クギャアッ!!」

攻撃的な鳴き声と共に、俺の飛竜が体ごとぶつかった。一体は不意打ちゆえにバランスを崩して墜落していく。

突然の同種からの攻撃に野生の飛竜が困惑気味に回避運動を開始する。だが想定外の攻撃だったのか、動きが緩慢である。それを逃す手はない。

俺は即座にボウガンから矢を発射する。

ちなみに矢には属性魔法が付与《エンチャント》されているものがあり、俺が持ち出した矢にも効果〈小〉の属性魔法がついていた。その属性は〈雷〉。

矢が飛竜の翼を貫いた、その瞬間。

「――ッアッ!!」

空間が裂けるような雷鳴が轟く。目を焼かないように俺は即座に腕でカバーした。

肌にピリピリしたものを感じつつも、次に目を開けてみると、矢で射抜かれた飛竜はもちろんそばを飛んでいた飛竜も属性魔法の効果を受けていた。

肉が焼かれたような臭いを嗅ぎつつ、力なく落下していく二体の飛竜を見送る。致命傷にはならないだろうが、これで戦闘継続は難しいだろう。

「うまくいくもんだな……」

あまりに狙い通りすぎて拍子抜け感は否めないが、これで船体への体当たりの脅威は去ったという訳だ。

「あれは――」

墜ちていった飛竜の向こう側、小さな赤い点滅が見えた。

「王都の警備隊か！」

さすがにここから識別するのは難しいが、背後の飛竜船が赤色灯を明滅させているので警備隊でほぼ間違いないだろう。

俺は見張り台の防衛に戻るべく、飛竜に指示を与える。

空を飛ぶというのは前世を含めて初めての経験ではあったが、不思議と恐怖はなかった。ダンジョン内でモンスターを使役するのと同じく、飛竜と自分が一心同体になっているのを感じたからである。

「ジロルドさん！」

「待たせたな」

とりあえず、上空を飛んでいる飛竜たちにボウガンを連射しつつ、見張り台に張り付いている個体には体当たりを食らわせる。やはり同種からの攻撃は想定外なのか、野生の飛竜は俺の登場に動揺していた。

「はぁー、カッケェ……」

槍で飛竜に応戦していた男が、まるで英雄譚《ものがたり》に出てくる英雄に憧れる少年のように俺を見てくる。

「全部追い払ったか――」

しばらくすると見張り台に取り付いていた飛竜が戦いの敗北を悟り、大空へと羽ばたいていった。

先程は遠くに見えていた警備隊も、今ではその姿を明確に視認できる距離まで近づいている。

俺は飛竜から飛び降りて見張り台に着地した。軋む見張り台だが、俺の体重をしっかりと受け止めてくれる。

「おかえりなさい、ジロルドさん」

「ああ」

「……あんな無茶するなんて、心配しました」

「ははっ、すまない。けど、あの状況じゃあれが最善手だったんだ」

もしも飛竜の体当たりに手をこまねいていたら、船がもたなかったかもしれない。そう考えると多少の危険を冒してでも、攻めに転じる必要はあった。

「ともかく、無事に戻ってきてくれて良かったです」

飛竜との戦いは終わり、これで無事王都にたどり着ける。

そう誰もが確信した瞬間だった。

「――アリシアッ!!」

雲の合間に隠れていたのだろうか。

一体の飛竜が猛加速しながら滑空してくる。狙いは間違いなくアリシアだった。一直線に飛んでくる様は、最後に一撃、痛打をくらわせようという強い意思を感じさせる。

アリシアは背後の飛竜に気がついていない。

「ジロルド、さん?」

くそ、間に合え――。

一歩踏み出して、俺はアリシアに飛びかかるように身体ごと飛んだ。

「――ッア!?　ふぐぅっ……」

アリシアを押し倒した直後、本当に頭上数センチのところを飛竜の爪が通り過ぎていく。防寒具をきている彼女はまるで丸太のように重かった。

「うわァッ!!」

急いで膝立ちして振り返ると、見張り台の男も何とか飛竜の攻撃を避《よ》けられたのか床に尻餅をついていた。

「無事かッ!?」

「あ、ああ、何とか……」

生きた心地がしないとでも言いたげな声音で男は答える。

「良かった――警戒するんだ、次いつ来るか分からない」

「分かった」

男が立ち上がって、周囲を警戒するのを見て俺はホッと息を吐く。

今のはかなり危なかった。

「ジロルドさん……助けてくれてありがとうございます」

「ああ、怪我はないか、アリシア？」

「はい、大丈夫です。防寒具のおかげで倒れても痛くなかったですし」

「そりゃ良かった」

「ジロルドさんは？」

「ああ、俺か？　ははっ、大丈夫に決まっているだろう」

「本当ですか？」

「もちろん。アリシアは心配性だな。でも、気遣いありがとう」

「いえ――助けてもらったのは私の方ですから」

俺たちは立ち上がって警備隊がやって来るまでのわずかな時間、見張り台での警戒を続けた。やがて警備隊が到着し、俺たちの護衛をしてくれることが決まった段階で、俺たちは客室へと引きあげることにした。

「……災難でしたね、ジロルドさん」

「ああ、そうだな」

客室へと向かう階段を降りている時、俺はようやく気がついた。

どうやらアリシアを助けるために押し倒した時、右の足首を捻ってしまったようである。まあこの程度の痛みなら我慢出来るものだし、何よりアリシアに気を遣わせたくはなかった。これから王都で楽しいパーティーがあるのだ。アリシアには楽しい思い出を作って欲しい。俺の怪我なんてものは知らないで済むなら、それが一番だ。

客室にたどり着くと、涙目のリリィさんとリリィちんは大げさですんと笑っているスズさんが俺たちを出迎えてくれた。

☆

アルクナン市を出発して六時間半、飛竜船はようやく王都にたどり着いた。

無事に着いたとはお世辞にも言えないが、まあ何はともあれ到着したのである。

王都・水晶宮《クリスタルパレス》は、湾曲した海岸線にある無数の水路と路地によって形成されるこの国の都である。

水の都とも呼ばれるこの街の沖合にある小さな島が飛竜船の空港となっていた。

だだっ広い草原の中心に船は降り立ち、俺たちは飛行場で待っていた冒険者ギルド本部の職員の案内で島の船着場へと向かう。

俺たちは中型の船に乗り込み、静寂に包まれた夜の海を渡る。

ものの数十分で到着するというので、俺たちは全員甲板で船が陸地へと徐々に近づいていく様子を眺めていた。

「綺麗……」

アリシアの呟きが、波の音に乗って聞こえた。

煌めくネオンの輝きが王都の上空を薄白く照らしていた。それはまるで闇の中に忽然と現れた光の柱のようである。王国の威光を示すが如し鮮烈な輝きだった。

俺も何度か訪れたことがあるが、この水晶宮の不夜城っぷりには気圧される。

「見慣れた光景ですん」

「だね」

甲板デッキの手すりにもたれかかっているスズさんとリリィさんにとっては王都は故郷である。

リリィさんは船上で見る王都の光景が珍しいのか瞳を輝かせているが、隣のスズさんはどこかつまらなさそうに眺めていた。もしかしたら王都はあまり好きじゃないのかもしれない。理由は分からないが、誰もが故郷を愛している訳でも、良い思い出がある訳でもないのだ。

やがて、船は船着場にたどり着き、徒歩で俺たちは水路脇のゴンドラ乗り場へと移動する。宿が用意したゴンドラ二艘が既に待機していた。

それは小さなゴンドラで、俺たちは二組に分かれて乗船した。王都での宿である高級ホテル〈シュプレーゼン〉へと淡い橙色の街灯が照らす水路をゴンドラは静かに進んでいく。

第二章　不器用ダンス

王都の高級ホテルで一夜を明かすと、旅の疲れなどまるで嘘のように消えていた。

迎えに来た冒険者ギルド本部の職員に案内されて、俺たちはパーティー会場に無事到着する。今回の旅の目的であるパーティーは盛況を誇っていた。

会場に入ってからどれほどの時間が経っているだろうか。

入ってからすぐと比べればいくぶんかは緊張も和らぎ、落ち着いた心持ちになっていたが、それでも多すぎる人の数に俺は閉口してしまう。

視界の斜め前には夜を溶かしたような漆黒のロングドレスに身を包んだアリシアがいる。彼女はルージュを引いた唇を三日月形にして、タキシードに袖を通した男たちに愛想を振りまいていた。

パーティーを少し息苦しいと言っていたのに、それを微塵《みじん》も感じさせない笑顔である。さすがとしか言いようがない。

その様子を眺めながら、軽く体重を移動すると右足に鈍い痛みが走る。

昨日の飛竜との戦いで痛めた箇所だ。

今朝見ると、青あざが出来ていたので内出血をしているかもしれない。

そんな痛みも、男たちに囲まれているアリシアを見れば気にしていられなくなる。

「……アリシアは流石《さすが》の人気だな」

分かりきっていることを、俺は口の中で呟いてしまう。

このパーティーの主役である彼女を、人々が放っておく訳がないのだ。

会場に置かれている立て看板には『女冒険者アリシア嬢のダンジョン変動生還を祝して』という文字が見えた。俺はその何の捻りもないつまらない名前に鼻を鳴らす。

——案内役としてアリシアをこの会場に連れてくるまでが、俺の役割だった。

多分会場に入って直後のカメラのフラッシュが、俺にとってこのパーティーのハイライトなのである。あとは酷く退屈で、眠たくなるような内容だ。

歳を取った、と言っても中年を過ぎたくらいの男たちがアリシアを取り囲み、挨拶の言葉を次々に口にしている。

彼らの興味はアリシアにのみ注がれていて、そばに立っている俺には一瞥たりともくれない。

まあ、別にそれはいい。

それはいいが……どいつもこいつもアリシアに馴れ馴れし過ぎやしないか？

何で、さっきから彼女の手を取って、話の終わりには決まりきったように手の甲にキスをするんだ。え、それが王都の上流社会の慣わしなのか？　そんなのぶっ潰して——いや、何を苛立っているんだ、俺。こんなことは王都《ここ》では当たり前のように行われていることじゃないか。

アリシアを連れてきたら、こうなることは分かりきっていたのに。

俺は苦虫を噛み潰したような気分になりつつも、表情を変えないように努力する。せっかくのアリシアの晴れ舞台である。俺のせいで何かトラブルでも起きたら、目も当てられない。

ひとまず気分を鎮めよう。

アリシアから視線を外して、俺はリリィさんたちを探した。

首を左右に振ると、再び右足が痛み、俺は思わず顔をしかめてしまう。

痛みを感じつつも探せば、割合簡単に彼女らを見つけることが出来た。

パーティードレスに身を包んだ二人は若い貴族風の金髪の男と、これまた若い軍人風の短い黒髪の男と話をしている。距離があって、会話の内容までは聞き取れないが見た限りでは楽しそうな雰囲気だった。

……これは気分を鎮めるどころじゃないな。

気分が沈むには十分すぎる光景である。

この豪華絢爛、煌びやかなパーティー会場において、俺一人だけ――いや、考えるまい。俺はただ、俺の仕事にのみ集中すべきだ。それだけを考えて、他に何も考えるな。感じるな。

ただ一人のギルド長としての職責を全うしようじゃないか。

再び視線をアリシアへと戻す。

「……それでは機会がありましたら」

「ええ、是非うちの屋敷においでください。西海で手に入る珍味をご馳走いたしましょう」

「はあ……ありがとうございます」

アリシアが王都でも名を馳せる大商会の副会長（会長は父親で、その長男）の男に軽く会釈する。

でっぷり太った男は脂ぎったその顔一面に笑みを浮かべて、やはり手の甲に口付けして去っていく。

……その様子を、俺はただ黙って見守っていた。

☆

それは衝撃的に美しく、鮮烈なまでの存在感だった。

冒険者の活躍を祝うパーティーに気まぐれに参加してみれば、そこには想像を絶する美女がいたのである。

「信じられないくらい美しいな……」

自分が見惚れていることを自覚しながら、会の主役であるアリシア嬢を見つめていると、私をパーティーに誘ってくれた軍人の友人が笑った。

「女神ってのはああいう女を指して言うんだろうな」

タキシードを着ている男たちに囲まれた彼女は、荒野に咲く一輪の白い花が月光を集めて輝いているかのように、その存在感を強烈に放っていた。

先日、軍に所属する友人と酒を飲んでいると、冒険者ギルドが主催するパーティーに参加してみないかと誘われた。生来、パーティーと名のつくものは好きだが、いい加減、王都の貴族の子女が参加するパーティーには飽きていた頃合いである。会の主役が女冒険者という目先を変えた趣向に私はやや興奮し、乗り気になった。

パーティー会場は王都でも有数の貸し屋敷にて行われていた。

警備のいる鉄扉をくぐり抜けると巨大な噴水がまず目に入る。招待状を確認されたあと、玄関ホールに入ると既に参加者が多数集まっていた。

「結構すごいな……」

「大物も来ているからいつものパーティーとはちと違うぞ」

「ああ、分かってるよ……」

お遊び感覚で行っている同世代のパーティーとは全く異なる。ここではふざけたことをしている人間は一人もいない。誰も彼《かれ》もがかしこまり、そのずる賢そうな目を光らせていた。どこかに自分に利する話は転がっていないか。

まるで草原のハイエナのようではあるが、金に縁のある者は自然そんな目つきになってしまうことを私は知っている。

ホールの正面には二階へと続く階段が左右に半螺旋状に伸びていた。

「パーティーの主役は二階にいるらしいぞ」

軍服を着た黒髪の友人は楽しそうに耳打ちしてくる。

もちろん地方で名を馳せる女冒険者に興味はあったが、私としてはホール脇にあるサロンで語られているであろう上流社会の裏話を聞いてみたいような気もした。

「……サロンに入ったところで、俺たちは相手にされねえよ」

「そういうものか？」

「ああ、話せることなんてない若輩の俺たちは追い出されるのが関の山か、どこかの貴婦人に目をつけられて子猫ちゃん扱いされるだろうな」

友人の言葉に、私は首元を押さえて舌を出すという茶目っ気を披露してみせる。

「とにかく女冒険者ってのを見に行こうぜ。王都のエセ冒険者共なんかじゃ話にならない本物だぜ」

本物。

貴族、商人、あるいは聖職者。社会の上流に位置する私たちはこと、本物という言葉に弱い。本物を知らない者が上位者にはなり得ないという言説が世に説かれたのは今から百年ほど前、当時王国を席巻していた大商会の会長の時代である。

果たして、美しい女を抱いたことのない男が美を語れるだろうか？

語れるわけがあるまい。

もしも語っているとすれば、それは騙《かた》りだろう。

今ならそれが金持ち達に、嗜好品に金を出させるための売り文句だったことは分かる。というか、私たちの大半はそれを知っていて、あえて口車に乗っている節があった。金を使うのに理由が必要なのは、別に貧乏人だけでもないということである。

私たちは人々の間を縫って、大理石の階段を登っていく。登りながらホールにある立て看板に気がつく。優美な文字で『女冒険者アリシア嬢のダンジョン変動生還を祝して』と書いてあった。

アリシア嬢か。

さて、どれほどの女か。

冒険者というのだから、やはり筋肉質で粗野な女なのだろう。

階段を登りきるとステンドグラスの色鮮やかな絵が目に入ってくる。描かれている弓矢を構える天界の女戦士像が目につく。

私がその絵を元に想像を膨らませていると、目敏い友人は私よりも先に目当ての女冒険者を見つけてしまう。

「おぉ、あれが――」

と、言葉を失って彼は固まってしまう。

大げさではないかと思いつつ私も遅れを取るまいと、嬢を囲んでいる人垣に視線を向ける。

垣間見えたのは、透き通るような金色の髪だった。

「っ――」

それはまるで豊穣の大地。一面に広がる黄金の大地に、女神の祝福が吹かれたような神聖さを感じる髪色。すらりと伸びた手足はこの水晶宮においても、そう滅多にお目にかかれない美質があった。

黒のロングドレスは、時に見る者に野暮ったい印象をもたらすが、彼女の見惚れてしまいそうになる白い肌とのコントラストは絶妙であり、洗練されているという言葉では足りないほど完璧なものだった。

「う、美しぃぃ……」

生ある者全てを虜にしてしまいそうな、それこそ美の女神の化身と言われればそのまま信じてしまいそうな美女が、私の目の前にいた。

彼女《ヴィーナス》の相手をしている年嵩《としかさ》の貴族はデレデレとその繊細可憐な手を不躾《ぶしつけ》にも撫でていた。なんと許すまじ、行為。貴族の端くれにも置けぬ醜い男よ——ああは、歳を取りたくはない。

「はあ、それにしてもなんてことだ……」

見つめているだけでため息が出てしまう。

話す様は優美で、その微笑みは万の金貨を積んでも独占したい価値がある。

「あれこそ、まさしく本物」

胸に迫るこの息苦しさに私は耐えきれず、彼女から視線を切って呼吸を整える。

——欲しい。

あれほどの美貌の者、この世がいかに広いと言えど、せいぜい両手の指の数程度しかいないだろう。

この機会を逃さず、私の手に——。

「おい、変なことは考えるなよ」

と、アリシア嬢への執着心が芽生えかけた私に、友人が顎で指し示す。

「お前みたいなのを追い払うお目付役がいるぞ」

からかうような調子で友人は言う。

「私みたいなものとは何だ」

「お前は女には目がないからなあ……それに飽きるのも早い」

「うっ、そんなことは」

「エリシア子爵の次女を半月も経たずに捨てた男は誰だったか」

「……あれは、あの女が女の嗜《たしな》みを知らぬからだ」

「女の嗜みねえ……」

私は咳払いをして、友人が示したお目付役とやらを見てみる。

「ヒィッ――」

思わず、変な声を漏らしてしまった。

「な、何なんだ、あの男は」

女神のような輝きを放つアリシア嬢が光なら、あれは紛うことなき影だ。他の男性と変わらぬタキシード姿だというのにその男が着ていると不吉な印象が強くなる。鍛えられた肉体は服の上からでも分かり、まるでぬぅとそびえ立つ壁のようだ。そして銀縁眼鏡の奥にある眼光の鋭さは言わずもがな、男の醸し出す雰囲気が尋常ではない。それこそあらゆる悪を吸い込んだような、そんな極悪の化身。

「あれのせいで、よっぽど地位のある奴か頭の悪い奴しかアリシア嬢に近づけないみたいだぞ」

「えっ、あ、本当だ……」

よくよく取り囲んでいる面々を観察すると、誰も彼もが名のある人物であった。もちろん私の家が所属している派閥と対立している者の姿もちらほら見えて、不愉快な気分にはなったが。

「くそっ、あの男め……」

「女を漁るなら、あっちを狙うのがいいんじゃないか？」

「ん？」

友人が指し示したのは二人の少女である。

微妙に垢抜けていて、それでいて王都の女のようなわざとらしさを感じない魅力的な二人組である。

「見たことない顔だな」

「一人はスズとかいう女冒険者だな。新聞に出ていた。もう一人は知らん。とりあえず話しかけてみようぜ」

冒険者という言葉が、私の関心を誘った。

冒険者と寝たことはこれまでにないからである。

王都にも冒険者はいるが、あんなものは卑しき存在でしかない。わざわざつまみ食いする価値もなかった。だが、ここにいるということはこの女冒険者はそれなりに価値ある女ということだ。私が抱いてやらないこともない。

それに見れば服で着飾っていても滲《にじ》み出す野趣があり、それもまた興をそそられる。服を脱がした時、どのような肉体をしているのだろう。そして、どのような劣情に表情を乱すのだろうか。

……興味は尽きない。

アリシア嬢を抱くのは諦める他ないが、この娘なら容易《たやす》いに違いない。

「ふむ……まあ、悪くはないが」

もう一人はどこぞのお嬢様だろうか？　こちらは品があってよろしい。

この娘は処女だろうか？　男を知らなさそうな顔をしているが――まあ何でも良い。ベッドの中で確かめれば良いのだから。貴族の息子である私と縁を繋ぎたくない女などいるはずがない。

たまには、処女と戯れるのも悪くはないだろう。

「行ってみるか」

「おう」

今夜の相手は決まったも同然である。

私達はゆっくりと女二人に近づいていく。

見定めた女二人はパーティーにあまり慣れていない様子でキョロキョロと、会場を見回している。

「やあ、お二人さん」

極力、人畜無害を装って私は二人に近づいた。下心ありといえど、貴族の者ならそれを隠して当然。

「パーティーは楽しんでいるかい、君たち？」

人好きのする笑顔で私が話しかけると、冒険者の女の方が愛想のいい笑みを浮かべて応じる。

「ええ、もちろんですん」

「……まあ」

冒険者の訛りのある発音に、私はより一層、彼女への興味をそそられる。もう一方の貴族の令嬢風の娘は疑わしそうに私達を見ていた。意外と警戒心が強いので私はおやっと思う。まるで通りに捨てられている子猫のようである。

「それは良かった。ところで――これから私の家に遊びに来ないかい？　ここは少しばかり堅苦しい空気じゃないか。若い者同士、色々と親交を深めないかね？」

私の言葉に、しかし女達は応じない。

「申し訳ないですが、あたしたちはこのパーティーを楽しんでいるので遠慮させてもらいますん」

「ボクも同意ですん」

私は友人と視線を交わす。

断られるとは露ほどにも思っていなかったので、言葉を失ってしまう。

「いやいや――私の家に遊びに来れるのだよ？」

思わずそんなことを言ってしまうほどだった。

だが、その誘いは全く二人にとって魅力的ではなかったようである。

「あなたの家に？　なんであたしたちが？」

「あはー、その手の誘いをかけてきたのはお二人で六人目ですん。ちなみに、全てお断りしてますん」

私に対して威圧的な令嬢と、誘いを軽くあしらう冒険者。

こんな無礼な断り方をされたのが初めてで、私は怒りよりも興味を感じてしまう。

本当に冒険者というのは面白い生き物だ。

「断られたのは理解した。だが、どうしてだ？　私は貴族だぞ？　普通なら諸手を挙げて私の誘いに乗るんじゃないか？」

「あなたの誘いに乗るよりも、誘われたい紳士がいますので」

令嬢がきっぱりと口にする。

隣の冒険者も頷いているところを見ると、どうやら本当のことらしい。

「そうか……ちなみにその紳士というのはどなただろうか？」

「しつこい男は嫌われるねん」

「そう言わずに。私の後学のためと思って」

私の言葉に呆れたように首を左右に振る冒険者。

「聞かない方がいいこともあるですん」

そんなことを言われたら余計知りたくなるだろう。

「誰なんだ？」

「忠告はしたですん」

冒険者はそう言って、先程まで私達がいた場所を指差す。正確にはその先、タキシード姿の男達に囲まれたアリシア嬢だった。

「へ？　アリシア嬢？」

「違うねん。その隣ねん」

「隣……なっ」

絶句するとは、まさにこのことを言うのだろう。

この私が、あんな男に負けた、だと……。

振り絞るようにして声を出す。

「……あの強面《こわもて》の？」

「ですん」

「人を何人も殺したような凶悪な面構えをしたあの男で間違いないのか？」

「……わざと言ってるん？」

「あ、いや、あまりにも衝撃的過ぎて……え、本当に？」

信じがたい現実に私の脳みそは拒絶反応を示している。

視線の先には、先程と全く変わらない姿勢で立ち尽くしている男の姿があった。まるでこの世の恐怖を煮詰めたような雰囲気を漂わせている男は鋭すぎる視線をあいも変わらず、周囲に向けている。

「本当に決まってます。ジロルド上長——あの人は本当にかっこよくて、優しくて、強い人なんです。だからあたしたち、二人はあの人からお誘いを受けるのを待っているんです」

「信じられないのだが」

「あなたに信じてもらう必要はないですから」

「ですん」

「二人はどういう関係なんだ。あの男は確か――」

私はどうしても信じることが出来ずに食い下がろうとするが、隣の友人が肩に手を置いて制する。

「何だ？」

「いや、あれ――」

友人が示す先を見れば、なんとあの男が私達の方を見ているではないか。

その視線の鋭さに、私は危うく失神しかけてしまう。

「な、何だ……」

「あんまり、ここに長居するのは良策じゃあなさそうだぞ」

「……くそっ」

東の彼方《かなた》にある島国の言葉を借りるなら、君子危うきに近寄らず、である。私は友人に促されるまま、その場を離れることにした。どうにも今日のパーティーはいつもと勝手が違うようである。

私達は背中に女達の嘲笑が含まれた視線を感じながらその場を退散した。

☆

会場に入ってからどれくらいの時間が経っただろう。

ずっと立ちっぱなしのせいで、俺の右足もかなり痛くなってきたのだが……。

気がつくとリリィさんたちと、彼女たちに話しかけていた貴族の若者たちが見当たらくなってい
た。まるで年に一度のお祭りで、連れてきてくれた両親とはぐれてしまったかのような気分になり
ながら俺はリリィさんたちの姿を目で探す。

だが、そんな気分もすぐに霧消する。

目の前にいるアリシアが辛そうだったからだ。

なぜならば、アリシア詣《もうで》の男たちが後を絶たなかったからである。いや、時間が経過するごとに
その数を増やしている。

それがこの会のメインイベントであることを加味しても、明らかにアリシアの負担が大きすぎだ。

唇のルージュこそ健在ではあるが、笑顔はもはや作り笑いの領域になっている。見ていて痛々しく
て、俺には直視できない。

「…………」

そして、時折アリシアから俺に向かって視線が投げかけられるようになっていた。

タキシードの男たちが二重、三重と囲っている中で、彼女を引っ張り出せるわけがないのに――

それでもアリシアの眼差しには助け出して欲しいと訴えかけてくるような、切ないものがあった。

助けたいとは思う。

だが、俺が自分自身をこの囲みを形成している男たちの間に割って入れるような人物だとは思わ
ない。誰も彼もが皆、名だたる名士であり、俺なんか路傍の石にも等しい存在なのだから。

歯牙にも掛けられていないことは、重々承知していた。

自分に対して、あるいは天に対して悪態をつきたいのを我慢しながら、俺が足元の大理石に意識を集中しようとした時である。

甘ったるい声で気障《きざ》ったいセリフが聞こえてきたのは。

「おぉ、美しき女冒険者、アリシア嬢よ――あなたはまさしく美の女神、ヴィーナスの化身のようだ」

視線を上げると、片膝をついた男がアリシアに向かって真っ赤な紅薔薇の花束をプレゼントしていた。見た目から察するに貴族だろうか。

周囲の男たちがざわつく様子から王都では有名な人物らしいが、生憎《あいにく》と俺は名前を知らなかった。

「はぁ、ありがとうございます……」

「アリシア嬢、今日、あなたとここで会えたのも何かの縁。もしよろしければ今夜食事でも一緒にいかがかな？」

今日何度目かも分からない食事の誘いに、頬を引きつらせながらアリシアがやんわりと断る。右足首の痛みが先程よりも酷くなってきていた。

「お気持ちは嬉しいのですが、今夜は宿でゆっくり過ごしたいので」

「おぉ、どうかそんなつれないことを言わずに」

そう言いながら、男はアリシアのキュッとくびれた腰に手を回そうとする。一瞬、俺は判断に迷う。これは上流社会の当たり前の光景――。

「どうですか、俺の愛人にでもなりませんか？　望みのものは何でも差し上げますよ」

アリシアに耳打ちするために囁いた言葉を、俺は聞き逃さなかった。

考えるより先に俺の身体は動いていた。

「――『加速《アクセル・オーダー》』」

「ッ――ッ!?」

人の瞬きよりも素早く、下種《おとこ》の腹部に掌底《しょうてい》を食らわせる。残像すら残さずに俺は、アリシアに言い寄った男を気絶させることに成功した。

「……っ！　フェルナンディア公、どうされたっ!?」

一般人には突然、男がひっくり返ったように見えただろう。

周囲にいた男性陣が泡を吹いて白目を剥いている男に慌ただしく駆け寄る。何か発作でも起こしたと勘違いしているようだ。

「…………」

いい気味だと思いつつも、俺は天を仰ぐ。

何故ならば――。

「…………（ジイッ）」

アリシアが俺のことをジト目で見つめているからだ。

一般人の目は誤魔化せても、現役の冒険者の目を誤魔化すのは無理だった。

やってしまったなあ……。

そんなことを思っていると、アリシアが俺のところへやってきて、腕を取ってその場から離れていく。

「ちょ、アリシアっ?」

「静かに——」

倒れた男に気を取られて、主役であるアリシアがその場から離れていくことに取り囲んでいた男たちは誰も気がつかなかった。

腕を引っ張られて連れて行かれたのは、二階フロア最奥にある半円状に広がったバルコニーである。巨大なカーテンが留められていて、アリシアはバルコニーに出るとそれを外して廊下から見えないように広げた。

「これで少しだけ二人っきりになれますね」

アリシアはカーテンを広げきると、悪戯がバレた子供のように舌をペロリと出す。

「……何を考えているんだ、アリシア」

「その言葉は私のものですよ、ジロルドさん」

ビシッと俺に人差し指を突き出すアリシア。

「うっ……」

「さっきのは何ですか。いきなり掌底突きなんかしちゃって。暴力を振るう人は嫌いですよ」

「いや、だって、あの男がアリシアの腰に手を回していたから——」

俺は必死に弁明の言葉を口にする。

「あんなの後ろ手につねってやりますけど」

「……暴力を振るう人間は嫌いじゃないのか？」

「そうでしたっけ？」

何という自己矛盾。

テヘペロするアリシアに俺は、ため息を一つこぼす。

「……悪かったな、せっかくのパーティーなのに。嫌なものを見せた」

「別に謝ってほしい訳じゃないんですけどね」

「ぁ……？」

「何であんなことしたんですか？」

アリシアは明らかに何かしらの答えを期待しているように、俺に上目遣いをくれる。

あまり答えたくはない。

答えたくはないが、手を出してしまった自分の負けだ。

「……アリシアに愛人の誘いをしてたから」

「やきもちを焼いてくれたんですね？」

「くっ……」

だから言いたくなかったのに。

嬉しそうにアリシアは目を細める。まるで獲物を見つけた野良猫のようだ。先程までの気品に満ちた美しさが嘘のように影を潜め、町娘のような可憐さを振りまいている。

「でも、ジロルドさんは私の恋人ですよね？　何で妬《や》くんですか？」

「それは——男心にも色々あるんだよ。さあ、この話題はこれでお終《しま》いだ」

「えー」

駄々をこねるようにアリシアが俺の腕を摑む。

「それよりも、大丈夫か？」

「へ？」

「疲れてないかって訊いたんだよ。ここに到着してからずっとパーティーの客の相手してるだろ？」

「ああ、それなら平気ですよ」

アリシアはにこやかな笑顔を作る。それは先程までの笑みと遜色のないものであり——そして、疲労の色が微かに滲んでいた。

「俺には嘘つくなよ……笑顔が無理してるぞ」

「あはは、ジロルドさんにはお見通しですか」

笑いながらアリシアが俺に抱きついてくる。それを拒む理由を俺は持ち合わせていなかった。幸い、ここは人目につかないバルコニーで、そして一階は庭園でひと気はあるが角度的に密着しているのを見られることはないだろう。

今日これまで頑張ってきたアリシアの甘えた要求に、少しくらい付き合っても罰は当たらないはずだ。

「誰だって分かる」

「ジロルドさんのそういう所が、好きです」

「はいはい。おじさんをからかうんじゃないよ」

そういうのはスズさんの専売特許だと思うのだけど。

俺はアリシアの髪をゆっくりと撫でる。

「素敵な髪型だな」

「本気でそう思ってます？」

「……いつもの髪型の方が似合ってるぞ」

「正直でいいですね」

俺の腕の中に感じるアリシアの温もりを、俺は大切に抱きしめた。

抱きしめられた彼女の肩は無駄な力が入っていて硬い。緊張しているのだろうか？

「やっぱり、来なければ良かったかもですね」

俺の胸の中でアリシアはそんなことを口にする。

まあ、そう思うだろうなあ。少なくともこの会場に入ってから楽しいと感じる時間なんてほとんどなかったに違いない。名前も知らない男と会話をし、愛想を振りまいて、果たせるかも分からない口約束をいくつも交わして——げんなりしない人間がいるだろうか。

俺がアリシアになんて言葉をかければいいか悩んでいると、カーテンの向こう側、廊下から男たちの声が聞こえてきた。

「……こちらにもいないみたいだな」

「どこ行ったんだよ、クソ。まだ話をしていないのに」

「そう、焦るなよ君。時間はまだまだある。少し休もう。疲れた」

「そうは言っても、話したがっている男が多すぎるから急いで見つけ出したいんだが」

どうやらアリシアを探しに男たちはこちらまでやって来たようだ。そして今彼らは休憩をしているようである。

俺たちは息を潜めて、バルコニーの柱の陰に隠れる。

「それにしても美しい女だったなあ。あんなの王国歌劇団でも、そうそうお目にかかれない上玉だぞ。くそ、愛人にして自慢しまくりてえ……」

「同意だが、そりゃ無理だろ。私たちの愛人になるくらいならフェルナンディア公ら大物の愛人になるに違いない」

分かっているよ、とつまらなさそうに男はため息をつく。

「とはいえ、少しお高くとまってんじゃねーのか、あれ」

「おいおい、褒めたと思ったら貶《けな》すのか？　忙しいやつだな」

苦笑する男を遮って、嘲《あざけ》るような声音でもう一人の男が言う。

「ふんっ、所詮は冒険者だろ。あんなに着飾って澄ました顔をしたところで、男好きの尻軽女《ビッチ》には違いない。それならさっさと尻振ってくっつく男を決めろってんだよ」

「本人が聞いたら傷つくだろうに」

「傷つくわけがねえだろ、たかが冒険者風情が」

「ふっ、違いない――」

アリシアが俺の腕を強く握る。

見れば上目遣いで俺に微笑んでいた。その瞳には悲しみというより不安の色が色濃く映っている。

俺が激情に任せて飛び出していかないか心配しているのだろう。俺は内心を悟られないように静かに息を吸った。興奮する神経回路を鎮めようと意識する。

するとアリシアは俺の頬を手で撫でてくる。

彼女の指先が触れて、自分が怖い顔をしていたことに気がつく。

顔の力を抜いて、俺はもう大丈夫だと、アリシアの肩に軽く手を触れた。

「それにしても冒険者というのは性欲がすごいと聞くが実際のところ、どうなのだろうな？　軍属の女も盛んだと聞くし、生命のやり取りをする環境にいるとより本能的になるのだろうか？」

「王都市街《したた》の冒険者を漁《あさ》ってた友人曰《いわ》く、品性下劣らしい」

「……変な奴もいるんだな。本物の冒険者ならともかく、ただの冒険者なんて色物でしかないだろうに」

「色に狂ってるんだよ、あいつは――で、奴が語るに冒険者は娼婦のようで全く違う。娼婦は媚びはするがそこに知性を感じさせる。だが、冒険者ってのは徹底的に媚びて、肉体的快楽によって俺たちを籠絡しようとするらしい」

「まあ、下の人間が這い上がる常套手段だなぁ……女に狂って滅びる男のなんと多いことか。君も気をつけたまえよ」

嘲笑の響きを含ませた声に、もう一人の男がいきり立つ。

「私を連中と一緒にしないでもらいたい！」

「じゃあ、アリシア嬢の尻を追いかけるのもそこそこにして、そろそろサロンに行かないか？　有益な時間の使い方だと思うが」

「あそこは年寄りどもの巣窟じゃねえか」

「こらこら。言葉には気をつけろよ。そんな年寄りに可愛がってもらって初めて、僕たちは上に行けるんだから」

そして、男たちは来た道を喋りながら戻っていく。

嵐が去り、静けさの戻った海の波のように静かにアリシアは俺から離れる。

「えへへ、バレなかったですね」

気丈な彼女の振る舞いに俺は胸が苦しくなった。

本当は怒ったり、泣きたくなっているはずなのに。

それなのに俺に気遣って、アリシアは平然としているのだ。

そんな彼女に、簡単に「気にするな」とは口に出来ない。言ってしまえば、アリシアが気にしていることになってしまうからだ。

こういう時、デキる男なら何か気の利いた言葉の一つや二つ、さらっと口にすることが出来るのだろう。だが、俺には出来ない。俺にはその能がない。

無理して微笑んでいるであろうアリシアを見て、俺は己の無力さを激しく後悔した。空の青さと反比例するような心持ちである。

「それじゃあ、そろそろ戻りましょうか?」

アリシアがそう口にした。

頷きたくない。

ここで戻ってしまったら、もう――。

気がつくと、俺は彼女の細腕を掴んでいた。

「え?」

「あ、いや――ほら、音楽」

「音楽? あー、本当だ、何か聞こえますね」

アリシアの腕を掴んだ瞬間、咄嗟《とっさ》に巡った思考はバルコニー下の庭園から聴こえてくる音楽に行き着いたのである。

「えと、それがどうしましたか?」

「その……少し踊らないか?」

「踊り?」

「ああ――もちろん、アリシアが良ければだが」

「私は全然、構わないですけど――」

彼女の透き通る碧い瞳が俺を見つめる。

スローテンポな音楽の音色が聞こえてきた。記憶が確かなら、これは春を祝う曲だっただろうか。

「ジロルドさん、踊れるんですか？」

「ぐぅっ……」

正直な話、俺は踊れない。いや簡単な踊りなら踊れるのだが、それは言葉通り文字通りの児戯に等しい。

ギルド長の職に就いてからパーティーに出席することが多くなったが、それまで無縁だった俺は踊りのスキルをほとんど持ち合わせていなかった。

「ぷふっ――踊れないのに誘ってくれたんですか？」

アリシアに笑われて、俺は耳の先まで熱くなるのを自覚する。

「踊れる、はずだ……」

「じゃあ、踊りましょう」

そう言ってアリシアは黒のドレスの裾を軽くつまんでお辞儀をする。

俺は自分の心臓が打ち鳴らされる鐘の音のように荒ぶっているのを感じながら、手を差し出す。

「……頼む」

「頼むって、ぷふっ」

俺の無作法な言葉にアリシアは吹き出してしまう。笑ったせいで生まれた眦の涙を指で拭っている。

「――ええ、喜んで」

はにかむアリシアの頬はほんのり赤く染まっていた。

「こんなところでジロルドさんと踊ることになるなんて、想像していなかったです」

「俺もだよ」

そっと重ねられた手を握り、俺はゆっくりと足を一歩踏み出す。

踊っているというよりも揺れているというのが正しく思えそうな、ぎこちない動作。錆びついた機械人形のように腕をアリシアの腰に回す。

「何で誘ってくれたんですか?」

腰に当てられた腕に合わせて、ピタリと彼女は俺に身体を寄せてくる。

「……せっかくだから、アリシアと踊りたくてな」

「その割には下手ですけど」

「むっ……嫌か?」

「そんなことないです。ずっとこうして踊っていたいです」

果たして本当だろうか。

下手なのは事実だし、アリシアを満足させられるかどうかも自信がない。

楽しんで、もらえているだろうか……。

「――優しいですね、ジロルドさんは」

「……?　俺は優しくないぞ?」

そう広くもないバルコニーの中央で、俺たちは目と目を合わせる。

アリシアのうっとりとした眼差しを直視出来るような余裕は俺にはない。それでもトロトロと動いているのか動いていないのか分からないような踊《ダンス》りの中で、俺たちは確かに心を交わしていた。

音楽に合わせて、右に左に——と、痛めている右足のせいでワンテンポずれてしまう。まあこの程度なら、俺の下手さ加減で誤魔化せる。

「足、痛めてますね……」

と、思ったがさすがにアリシアを誤魔化すことは出来なかった。

「まあ……」

「いつですか？」

浮気を問い詰められている夫のような気分を味わいながら、アリシアの質問への答えを濁そうとする。

「気がついたらこうなっていた」

「昨日ですね——私を飛竜から助けてくれた時」

これはどうにも言い逃れられないようだ。

碧色の瞳が嘘は見逃さないという強い意志を示す。

「——別にそんな酷い痛みじゃないんだ。気にしなくて良い」

「足が痛いのにダンスに誘うなんて、ジロルドさんはバカです」

そう言いながら、呆れてしまったのかアリシアは俺の肩に顔を埋《うず》める。

「……どうしたんだ？」

「ジロルドさんのバカさ加減に呆れているんです」

くぐもった声で彼女はそう言った。

「そっか」

「そうです」

「まあ、俺はバカだからな」

「バカじゃないです」

「っ!? どっちだよ」

「ふふっ、ジロルドさんをバカって言って良いのは私だけです」

何気なく、俺が自嘲する権利を奪われてしまった。俺の背中に回されたアリシアの腕に力が込められる。

「……でも、ありがとうございます」

「ん？」

「一緒に踊れて、とっても素敵な思い出になりました」

「そうか。それは良かったな――もしも次があるなら、もう少しマシなパーティーに参加することにしよう」

「ですね」

やがて、埋めていた顔を離すとアリシアの頬にうっすらと涙の筋が見えた。俺はそれに気付かないフリをする。女の涙は見て見ぬフリをしろと、いつか読んだ本に書いてあったからだ。

「ジロルドさん――」

「ぁ？」

「私、やっぱり、あなたのことが大好きです」

気がつくと、音楽は止んでいて、俺たちの子供じみた踊りは終わりを迎えている。

向き合ったアリシアの碧眼《へきがん》が、まっすぐに俺を見つめた。

「大好きです」

「……二度言わなくて良いよ」

「何度でも言いたいんです」

そして、アリシアはゆっくりと俺に近づいてきて、微かに背伸びをして口づけをしてくるのである。

「……俺も大好きだよ」

何とも照れる言葉だった。

口にした瞬間、背中をぞわりとする感覚を襲うが嬉しそうに微笑んでいるアリシアを見れば、俺も自然口元が緩んでしまう。

「もう一度、して良いですか？」

「……好きにすればいい」

時間ならまだまだいくらでもあるのだから。

☆

「ええ、それではこれで失礼します、先輩」

「また王都に来た時は顔を見せてくれよ、ジロルド君」

「もちろんです」

俺は深々と頭を下げる。

俺がまだギルド長になるより随分昔、お世話になっていた先輩がパーティーに顔を出していたので、ちょうどいい機会だと挨拶をしていた。

「ではな」

去っていく先輩に、若い頃を思い出し胸に迫るものを感じる。

「さてと――」

バルコニーから戻ってからは、アリシアは会場を訪れていたマスコミ関係の対応をしていた。新聞記者はもちろん、雑誌カメラマンやラジオのパーソナリティもマイクを持って彼女からコメントの一つでも引き出そうとしている。

俺はその様子を横目に、リリィさんたちを探した。

すっかりアリシアのことばかりで、あの二人を放ってしまっていた。まありリィさんがいるから問題はないだろうが。

一階のホールに降りると、先ほど二人に話しかけていた若い貴族と軍人が話しているのを見かけた。会場を瞥見《べっけん》するが、二人の姿は見えない……ということは、サロンにでもいるのだろうか？

俺はホールの左右に併設されているサロンに足を踏み入れる。二分の一の確率ではあるが、俺の直感は当たった。

「あ、ジロルド上長！」

香水草の煙が充満する薄暗い部屋には円卓が中央に配置され、その周囲に背の低い椅子がいくつも並び年齢層の高い貴婦人あるいは紳士が腰掛けていた。部屋の壁際では紳士たちが会話を楽しんでいる。

ちなみに香水草は香煙草と同じ香りを楽しむ嗜好品ではあるが、単価は桁外れに高い。いわゆる高級品であり、ギルド長の俺ですら年に一回楽しめるかどうか分からない貴重な品だった。

サロンは上流貴族や商人たちが、国際情勢から隣人の不倫まで多種多様なお喋りを楽しむ場である。言い換えれば話の種がない者はそう簡単に寄りつける場所ではない。そういう場所にリリィさんがいるのは、少々場違いな気がした。

「リリィさん、ここにいたのか」

薄い水色のドレスを着用している彼女は、落ち着いた色調のサロン内で目立っている。

「ええ、こちらのガスパーニ殿下からお誘いを受けて……」

そう言って彼女が紹介してくれたのは、この国の王族に名を連ねる王位継承権第五位のガスパーニ大公殿下だった。

紹介されたガスパーニはゆったりとした動作で、大仰に手をあげる。

「わしがガスパーニだ」

「はあ……」

恰幅のある中年紳士は着ている服から、その辺の紳士とは格が違うことが分かった。だが高級品に身を包んだところで、そのだらしない腹周りはいかんともしがたいらしく……。

ジェルで撫で付けた金色の短い髪がペッタリと頭部に張り付いている。やはり王都の流行りというのは理解しがたい。

俺の感覚的にはお世辞にもハンサムとは言えない見た目だが、若い頃は数多くの女性と浮名を流して有名だった。世情に疎《うと》い俺でも彼を知っていたのは、そういう理由である。

「君は……」

「あ、こちらはあたしの上司で、〈塔の街〉の冒険者ギルドのギルド長を務めているジロルド氏です」

「ほう、君がリリィちゃんの上司の……」

厚みのある頬肉のせいでつぶらに見える瞳が、品定めするように俺を見つめる。

というか、リリィちゃんって何だよ。

「――では、わしはこの辺で」

「あ、はい。貴重なお話を聞かせてもらって、ありがとうございました！」

「いやいや、こちらこそ若い女の子とお喋りできて楽しかったよ」

フォッフォッフォッと、くぐもった笑い声を残してガスパーニはその場を去っていった。

「何で王族の方と？」

「ホールを歩いていたら声をかけられたんです」

「ふーん……」

まあ王都で催されているパーティーだ。

時としてとんでもない人脈を得られるかもしれない。人々がパーティーに参加したがる理由はそんなところにもある。俺はあまり興味がないが……。

「ところでスズさんは？」

「多分、食堂にいると思います」

「じゃあ、一緒に行こうか？」

「はい」

そして、俺たちはサロン奥にある食堂に行くことになるのだが。

「…………」

「ち、違うねん。これは美味しそうなご馳走が目の前にあったから……」

「まだ何も言ってないのだが」

「目が！　目が呆れたって言ってるですんっ！」

食堂に入ると人集《ひとだか》りが出来ていて、何事か見てみると、長机に空っぽの食器が山積みになっていて、それを生み出しているのがたった一人の少女だと観衆に教えられ、注目の中心地を見てみれば、そこにはスズさんが美味しそうにスパゲッティーを頬張っているところだったという話である。

口元をトマトソースで汚した幸せそうなスズさん。

「………」

だが目が合った瞬間、彼女は自分の醜態に羞恥心を感じたらしい。

俺が何かを言う前に自己弁護を始めた。

「……た、たべもの、オイシイですよん？」

スズさん、動揺しすぎていて片言になっている。

まあ、こんな彼女を目にすることになるんて、予想外もいいところだが。

「昔からスズは食べ物には目がないですからねー。ああ見えて、グルメです」

「なるほどな……」

「や、やめるですん！　そんな目で見るのはやめるんですんっ!!」

うるうる涙目で一生懸命に訴えるスズさんだが、それならまずはその口元のソースを何とかするべきだと思うな。食事が美味しそうなのは分かったからさ。

☆

長かったアリシアの祝賀パーティーも陽が傾き始めたところでお開きになった。夜は夜で別の冒険者を迎えてのパーティーをするらしいから、冒険者本部も熱心なことである。

解放された俺たちは高級ホテル〈シュプレーゼン〉へと引きあげていた。

五階建ての白亜の塔を思い起こさせる外観は、王都でも屈指の歴史を誇る〈シュプレーゼン〉に相応《ふさわ》しいものである。幅広の玄関ホールの正面には水路があり、ゴンドラ専用の船着場が用意されていた。

宿泊客はゴンドラを利用すればほとんど歩かされることもなく中に入ることが出来る。

入ってすぐのところにあるフロントでは、本日の宿泊客らしき人物たちがチェックインの手続きをしていた。

「とりあえず今日はお疲れ様。後で夕食を食べに行くときに声をかけるから、それまで各自、部屋でリラックスしていてくれ。あとは明日以降出かけたい場所のリストアップな」

「はーい」

王都滞在の主目的が終わった俺たちだが、〈塔の街〉から遠い水晶宮まで来たのである。滞在二日目は自由時間と称して、明日はゆっくり王都観光の予定を立てていた。

それに加えてリリィさんが何やら厄介ごとを抱えているようだし……。

まあ滞在は明後日の午前中までだから、リリィさんは実家に帰らないかもしれないなあなんてことを考えつつ、翌日以降、王都観光で重宝するであろうゴンドラを終日利用可能なフリーパスを人数分フロントで購入する。

――夕食まで、俺も部屋で休憩するか。

フロントを離れて、ホテル内のエレベーターを利用しようと歩いていると執事らしき男が俺に近づいて来た。

「ん？」

「ジロルド様でしょうか？」

白いひげをたっぷり蓄えた禿頭の男は、糸を引くような細い目をしていた。

俺が小さく頷くと、老人は懐から小さな封筒を取り出す。

「旦那様がご夕食をご一緒したいそうでございます……」

「夕食を？」

「左様で」

「どなただろうか？」

俺のことを知っているということは、目的はアリシアだろうか？

問いかけに老執事が封筒を指し示す。

「……？」

俺は封筒の封を開けて中を確認する。

「……なるほど」

差出人はサロンでリリィさんと話をしていたガスパーニ大公殿下だった。

確かに名乗りたくはないな。どこで誰が聞き耳を立てているか分からないのだから。

「折角のご招待です。喜んでいきましょう」

断るわけにはいかない相手である。

「よろしくお願い申し上げます」

執事は深々と丁寧に頭を下げて、音もなく去っていく。

所作の一つ一つが洗練されているが、この場合は慇懃《いんぎん》無礼に感じてしまうのだから人間の感情というのは気紛れだ。

「……アリシアたちに話しておかないと」

幸いというべきか、夕食はこのホテルの一階の食堂を指定していた。

移動する必要がないというのは正直土地勘がないので助かる。

俺は今度こそ泊まっている三階のフロア目指して、エレベーターの前に立った。愛想笑いを浮かべたホテルマンが昇りボタンを押してくれた。

☆

食堂に入ると天井から吊り下がっているシャンデリアが、キラキラと目にも眩しく輝いていた。

「朝とは雰囲気が違いますね」

「すごい大人っぽいです」

「豪華ですん」

三者三様の感想を口にしながら、俺たちは食堂を進んでいく。

パーティーは終わったとはいえ、ここは高級ホテルの食堂である。フォーマルな格好をするように伝えておいた女性陣は派手過ぎず地味過ぎずの、ちょうど良い塩梅《あんばい》のドレスを着てきていた。

まあ、スズさんはドレスが窮屈だと不満をこぼしていたが。

「……こちらでございます」

食堂の中程で、さっき俺に声をかけてきた執事の老人が待っていた。

三人が小さく会釈するのに対して、彼も恭しく頭を下げた。

今夜の食事相手が誰なのかはすでに伝えてある。

通されたのは食堂の中でも別空間、本当の金持ちしか利用できない部屋なのが一目で分かる個室だった。

食堂のガヤガヤした音が中に入った途端に消えて、満ちている空気もどこか清浄な感じがする。

「おぉ、ようやく来られたか！」

紅色の絨毯を踏みしめ、部屋の奥へと進むと、そこでは卓の上座で俺たちをガスパーニが待っていた。他にテーブルがもう一つあって、若い女性と小さな男の子が座っている。俺はこれ以上ないほどに完璧なタイミングとスピードで頭を下げた。

「お待たせして申し訳ございません。今夜はお食事にお招き頂き、恐悦至極に存じます」

「まあ、そう硬くならなくて結構。早速食事にしようじゃないか」

ガスパーニが俺たちを――アリシアを招待したのは彼のまだ小さな子供に彼女の冒険譚を直に聞かせてやりたいという願いを叶えるためだった。

王位継承権第五位の男は子煩悩なところがあるようで。彼の妻と息子がいるテーブルにアリシアとスズさんが案内された。

俺とリリィさんはガスパーニのテーブルである。

テーブルには昼間パーティーで見かけたような料理が大量に置かれていた。

正直げんなりしたが、顔に出ないように表情を引き締める。

「――ところで王都はいかがかな？　懐かしいのでは？」

隣のテーブルではアリシアが大仰に身振り手振りを交えて、冒険譚を語っている。スズさんも合いの手を入れて盛り上げていた。

食事もそこそこにガスパーニから、水を向けられたリリィさんは口元をナプキンで拭いつつ、答える。

「……懐かしい、とは？」

「リリィちゃんは、わしの調べたところだと王都出身のようだけど？」

赤ん坊のようにつぶらな瞳をしているガスパーニが、彼女に視線を向けた。

「あはは……そうです」

調べをつけられていたことにリリィさんが驚きの表情を浮かべる。

「それもアレッシオ子爵の娘さんだとか」

「ええ……」

チラッとリリィさんが俺に視線を向けた。

そういえば、彼女は王都の中流貴族の出身だったような――。

「子爵とは仲良くさせてもらっていますよ」

中流貴族と王族が仲良くするのは通常ありえないので、これは社交辞令のようなものだろう。

「ありがとうございます。殿下と親しくさせていただける父は、さぞ誇らしいでしょう」

「堅苦しいのはやめようじゃないか」

そう言って、ガスパーニは葡萄酒の入ったグラスを手に取った。

「しかし、貴族の令嬢であるリリィちゃんが何だって冒険者ギルドの受付嬢をやっておるのだね？……ああ、失礼。ジロルド君。気を悪くしないでほしい。別に君の仕事を馬鹿にしようと思っているんじゃないんだ」

「存じております、殿下」

知っているとも。

王都に暮らす上流社会の人間には、冒険者をサポートするギルドを小馬鹿にしている者が多数いるということを。それは常識であり、覆そうという努力をギルド本部がしていることも知っているが、特別不満に感じる必要もないことである。

ギルド職員の本分は、冒険者のサポートであり対外的な面子《メンツ》を気にすることじゃあない。もちろん地位向上の活動はどんどんしていく必要はあるとは思うが、ことさら地位の低さに怒ることもないと思うのだ。

もしかしたら、俺は前世での冒険者の扱いの悪さに慣れてしまっているから、こんなにも寛容な気持ちになれるのかもしれないが。

見ての通り、リリィさんがむすっとした表情を浮かべていた。

「……受付嬢の仕事は大切な仕事です、殿下」

「ほう」

「冒険者の方のほとんどは文字の読み書きが出来ません。ゆえに、あたしたち、受付嬢が代筆や代読をして差し上げるのです。冒険者が冒険に専念できるように」

「なるほど――それはとても立派な仕事だね」

微笑みながら、ガスパーニが舐めるようにリリィさんを見ていた。

「もちろん受付嬢の仕事は大切な仕事だ。それは間違いない。でも、リリィちゃんのような貴族の女の子がやるような仕事ではないだろう？　相手にする冒険者の中には荒くれ者もいるだろうし」

「それは……一部の方です」

過去の経験からか、リリィさんが口ごもる。

そんな彼女の様子を見て、ガスパーニが俺に話しかけてきた。

「どうなんだね、実際。君は、ええとジロルド君。君ほどの人間なら冒険者ギルドの実情もよく分かっているんじゃないかね？」

「まあ……そうですね、冒険者は以前より質が上がったとはいえ、やはり性格が荒っぽい方がいるのは間違いございません」

「そうだろう、そうだろう。リリィちゃんみたいな貴族の娘が相手にする輩《やから》ではないと思うのだよ」

「ですが、彼女のように冒険者のために働きたいと言ってくれる若者が出てきたのはありがたいことです。私が若い頃は、そんなこともありませんでしたから」

「――なるほど」

実際、冒険者を蔑視していたのは上流階級の人間だけではない。ギルドで働く者たちでさえ、彼らを下に見ては内心で嗤《わら》っていたりもした。

そういう時代があったことは否定出来ない。

「時代は変わるということか」

「はい」

「そういえば、君はそろそろ本部《こっち》で働く頃合いじゃあ、ないのかね？」

水を向けられて、俺はかすかに目を見開く。

秘書からも言われたが、客観的に考えるとそろそろ俺は出世する時期に差し掛かってきたのかもしれない。この場で寝耳に水だったのはリリィさんだった。

「え、上長、本部へ栄転するんですか!?」

「……少し落ち着きたまえよ、リリィさん。そういう具体的な話は俺のところに何も来ていない。ギルドから優れた冒険者を――アリシアを輩出したからって、そう簡単に出世できるものではないんだ」

「そ、そうですか……ビックリしたあ」

仮に栄転の話が来ても、俺はまだしばらくギルド長の仕事をしていたかった。

まだまだ〈塔の街〉の冒険者ギルドでやれることはあるはずだから。

「栄転といえばだ――リリィちゃん」

ホッと一安心しているリリィさんにガスパーニが口の端をつり上げて笑った。

「わしの秘書になってみないかね？」

「……へ？」

自分が何を言われたのか全く理解していないような表情で、リリィさんが問い返す。

「ええと、秘書、と言いますと？」

「言葉の通りだよ。わしの秘書。ちょうど欠員が出てねえ、誰か探しているんだけど――どうかな？」

断られるとは露にも思っていない自信に満ちた声。

これはつまり打診ではなく、確認の言葉。

――これが今夜の本当の狙いか。

俺は想定外の面倒ごとに天を仰ぎたくなる。

はあ……秘書とか言ってるけど意訳すれば愛人になれってことだろ、こんなの。

しかし、それにしても妻や子供のいる前でよく言えるものだ……貴族的感覚は時に理解出来ないものがある。馴染めないし、馴染みたいとも思わない。

目の前の大公殿下を俺はまじまじと見てしまう。

アリシアとの会食を理由にして、ガスパーニはリリィさんの引き抜きもとい愛人化工作を実行したのである。本人からすれば工作だとは一ミリたりとも考えていないのだろうけど。

誰かを誘えば乗ってくる。

そういう不自由のない人生を歩んで来たに違いない。彼に自覚があるかは分からないが。

ゆえに、リリィさんが明確な拒絶の意思を示した際に、彼は雷にでも打たれたかのように言葉を失った。

「申し訳ございません、殿下。あたしは冒険者ギルドの受付嬢の仕事を続けたいので、せっかくのお誘いですが、お断りさせて頂きます」

「…………」

きっぱりと断った彼女の言葉が、俺には小気味よく聞こえる。

まあそりゃそうだろう。

誰がこんな豚みたいなおっさんの愛人——もとい秘書になりたいと思うんだよ。

「ど、どうして、だ……受付嬢の仕事よりもわしの秘書をしていた方が——」

「先ほども申し上げた通り、あたしは受付嬢の仕事を大切なものだと思っています。お誘いはありがたいのですが、まだまだ冒険者の皆さんのために働きたいのです」

そう言って、チラチラとリリィさんが俺に視線を向けた。

ええと、これはどういう意味合いで……。

ああ、なるほど。

「殿下、リリィさんは受付嬢の中でも特に熱心な部類の人間です。上司である私としても、まだまだ彼女には働いてもらいたいと思っています」

このアシストを期待したのだろう？

俺がリリィさんだけが気付くようにウインクすると、彼女は呆れたように俺にジト目を向けていた。

……何故だ？　何か間違えてしまったか？

「しかしだな——王族である、このわしの秘書になるのも大事な仕事だとは思わないか？」

出たー、王族特有の超謎理論展開。

無理やり秘書（愛人）になれ、と言わないだけマシかもしれない。今時は王族ハラスメントとか問題になる時代だからなあ。一昔前なら、問答無用でリリィさんはガスパーニの秘書に引き立てられていたのだろう。

「待遇面だって、しっかり考えている。給料は当然、受付嬢の時とは比べ物にならない額を出すし」

その給料、国民からの税金なのだが。

「この王都で生活が出来るのだぞ？　何だったら、わしの住んでいる屋敷に住み込みで働くのも許そう」

意訳すれば、王族の暮らしをさせてやるってことだよなあ、それ。

誘い文句というか、条件的にはやはり良いのだろう。欠員が出たとか言ってたくらいだし、彼には確かに愛人というものが存在していたに違いない。ただリリィさんはそんなものになびかない女性だった。

「お心遣いはありがたいのですがご遠慮いたします――」

伏し目がちに、無礼にならないようにしかしキッパリとリリィさんは断り続ける。

もはやガスパーニの手札はないらしく、彼はしばらくパクパクと金魚のように口を開いたり閉じたりして、結局、その場を取り繕うように「それならば仕方あるまい」と一言言った。

ここからは気まずい時間が続くのだろうな、と思っているとちょうどいい時間になっていたらしく（ガスパーニの子供が眠いとぐずり始めていた）、大公一家は自宅への帰路につくことになった。

俺たちが見送りのためにホテルのエントランスまで出て行くと、彼はリリィさんに歩み寄って何やら耳打ちをしていた。小声のせいで何を話しているのかは聞き取れないが、まあろくでもないことは間違いない。

リリィさんが信じられないものでも見ているように、強い眼差しを彼に向けていた。が、ガスパーニは意に介さず、そのままホテルを出ていく。

「――何か言われたのか？」

俺は部屋へと引きあげる途中、リリィさんに訊いてみるが、彼女は曖昧に微笑んで、結局何も言わなかった。

かくして王都滞在二日目の夜は、後味の悪いものになってしまうのである。

第三章　ドキドキ、実家訪問

翌朝。

王都に滞在してから二回目の朝。

食堂で食事を済ませて、俺たちはホテルの玄関ホールに併設されているカフェでコーヒーを楽しみつつ、今日の予定を話し合う。

ちなみにスズさんだけコーヒーではなく、いちごパフェを食べていた。

俺以下、三人から何とも言えない眼差しを向けられているのにも拘《かかわ》らず、彼女は美味しそうにパフェのクリームを味わっている。

「……それで、今日の予定ですが」

アリシアがテーブルに広げられた地図を指差しながら言う。

「私とデートをしましょう、ジロルドさん」

「アリシアちんもせっかちですんねー」

「アリシアさん、今日はジロルド上長はあたしが予約済みです」

予約済みだと……一体いつの間に…………。

俺がリリィさんに視線を向けると、彼女はニコッと白い歯を見せた。

「今日はあたしの実家に行きましょう、上長。そして、偽恋人役を務めてください」

「俺の知らないところで、話が進んでいるっ!?」

行きの列車の中から嫌な予感はしていたが、やはりこういうことになったか。

「リリィさん、そういうのはちゃんとギルドを通さないと困る」

「童貞おじさん、動転しておかしなこと言ってるねん。ギルドを通したって、別にリリィちんの偽恋人を演じる必要はないですん」

「あ、そうだった……」

ダメだダメだ。

リリィさんの空気感に呑まれそうになっている。

「——認められますかぁっ!!」

と、そこでアリシアの一喝。

「何で、ジロルドさんがリリィさんの偽とはいえ、恋人にならないといけないんですか!? そうやって、なし崩し的にジロルドさんとの恋人関係の既成事実を作るのはいけないと思います」

尤《もっと》もな正論が朝のカフェに響き渡る。

「アリシア、声、声」

「あ、ごめんなさい……とにかく！　リリィさんのは却下です」

必死の剣幕なアリシアの一方で、指弾されているリリィさんの方は余裕の構え。これはどうしたことか――。

「ふーん、そういうことを言っちゃうんですね」

白いコーヒーカップを手に取って、口をつける様はまさにどこぞのご令嬢かと思うほど優美で――。

「昨日は上長と一緒にダンスを楽しんでいたみたいですけど」

普段とは違い、そこはかとなく意地悪な目を彼女はしていた。

「んなっ……」

予想外の攻め手にアリシアが言葉を失ってしまう。

なので俺が訊いてみる。

「どうして、リリィさんが知っているんだ？」

「偶然です。偶然、お庭に出ていたら、バルコニーで上長たちが踊っていたのを見てしまったんですよ」

にっこり微笑んでいるが、腹の中に何を溜め込んでいるのか全く分からず、言い知れない恐怖心がどんどん募っていく。これはリリィさんに逆らえないなあ……。

誰にも気付かれていないと思っていたのに。

「これじゃあ、仕方ないなあ。アリシア？」

「ぐぬぬ……」

今にも噛みつきそうなくらい歯ぎしりをしているアリシアを俺はなだめる。

パフェを楽しんでいるスズさんもリリィさんの援護射撃を行う。

「リリィちん困っているんだから仕方ないねん。あと、童貞おじさん。踊っていたのは初耳ねん。ちゃんとボクにも何か穴埋めして欲しいですん」

「くっ……」

王都に来たって俺へのアピール合戦は休戦している訳じゃない。

アリシアやリリィさんばかりを贔屓《ひいき》する訳にもいかず、俺は小さく頷いた。

「当然だな……」

「素直でよろしいねん」

アリシアが眉を吊り上げて、これ以上ないくらいのぐぬぬ顔を披露している。

彼女の機嫌を損ねるのは嫌だが、しかしリリィさんの困り事を助けること自体は、まあそうやぶさかでもない。

恋愛感情とか、そういうのを抜きにして、困っている職場の同僚がいれば助けたくなるような性分なのだ。俺という人間は。

「という訳だから、リリィさんに付き合うよ」

「ジロルドさんっ！」

ぐぬぬ顔は相変わらずだが、その眦にはうっすらと光るものがあって、途轍《とてつ》もない罪悪感を抱かせられる。

「私よりもリリィさんを取るんですねっ！」

「いや、そういう訳じゃ……」

「アリシアちん、めんどくさい女になってるですん」

呆れたようにスズさんが肩をすくめた。

ほっぺたをふくらませて怒っているアリシアには悪いが、いつもの美人顔は影を潜めてとても子供っぽくて可愛らしい。

こういう表情もするんだなと思っていると、スズさんがアリシアをフォローする。

「そうだ、アリシアちん。折角王都に来たねん。王都が故郷のボクがいいお店を紹介するですん」

「お店、ですか？」

「そそ。――童貞おじさんが好きそうなエッチな服を売ってるお店とか」

「スズさーんッ!!」

「上長、静かに――」

「すまない……スズさん、何を言ってるんだ、君は！」

アリシアと同じ轍《てつ》を踏んでしまった恥ずかしさよりも、スズさんの何気なく放った言葉の意味を問い詰めることの方が、俺の優先度は高かった。

俺の好きそうなエッチな服、って何ですか!?

「童貞おじさんは楽しみにしてるねん。ボクが選ぶエチエチ服に悩殺間違い無しですん！」

「アリシアっ」

スズさんでは埒《らち》が明かない。

そう判断した俺はアリシアに視線を向けるが……。

「……スズさんがどうしても連れて行きたいと言うのなら、仕方ないかなと」

なに、モジモジしながら両の人差し指をツンツンしているんだっ！

「アリシアちんにはエッチな才能があるような気がするねん！」

「…………（ポッ」

「いや、そんな才能はないから！」

何、頬を赤らめてるんだ、アリシア……。

スズさんの顔を見てみろよ、あの邪悪さの塊みたいな笑みを浮かべてる人間の言葉を真に受けるなよ。

明らかにアリシアを辱める気満々なのに――。

「えー、童貞おじさんはアリシアちんのエッチなところ、見たことあるんですん？」

「アリシアのエッチなところ……」

言われて俺の思考はそこで終わってしまった。

最後に目にしたのは吹き出た鼻血の赤だった。

頭の中に一糸まとわぬ姿の彼女を思い浮かべたのが全ての敗因である。

☆

「上長のエッチ……」

「まだ言うのか、それ……」

石畳の道を歩きながら、リリィさんが不愉快そうに目を細めつつそんなことを口にしてくる。閑静な住宅街を俺たちは二人で歩いていた。まだ昼前だが人気はない。王都でも高級の部類に入る住宅街だそうである。

区画に入る際には、街の警備兵から身分証の提示を求められた。

「――だって、何を妄想したら鼻血を出しながらぶっ倒れるんですか」

リリィさんの呆れたような口調は当然だった。

アリシアの裸を思い浮かべた結果、俺は鼻血を噴き出しながら昏倒。直前の妄想が無ければ何かの病気かと思いたくなるような姿だった。幸い、すぐに意識を取り戻したが、アリシアは呆気にとられ、スズさんには爆笑され、そしてリリィさんには軽蔑されてしまったのである。

「別に何も……」

「上長は誤魔化すのが下手ですねえ」

「くっ……」

「まあ、それだけずっと正直に生きてきたってことなんだと思いますけど」

今、俺たちは王都の中でも小高い丘の上にある住宅街にやって来ていた。この辺りの地理は全く知らなかったが、そもそもリリィさんの実家がある場所なので彼女が道先案内人を務めてくれている。

「これは単純な興味ですけど――」

「うん」

「あたしの裸を想像しても、やっぱり同じ風になります？」

「…………」

えーと、何を言ってるんだ、リリィさん。

俺は隣を歩く彼女を見つめる。

今日は受付嬢の制服姿でも、パーティー用のドレス姿でもない。

ピタッと足のラインにくっつく長ズボンと、パリッと伸びたシャツを白でまとめて、肩からジャケットを羽織っている。スタイルの良さではアリシアが断トツではあるけども、リリィさんはリリィさんでかなり魅力的な体型をしていた。

今日のリリィさんは普段みせている可愛い系の雰囲気が消えて、より大人っぽく見えた。ここが王都だからというのもあるのだろうか。

「あ、妄想しないでくださいね！　道のど真ん中でぶっ倒れられても困るので」

「妄想するか！」

「アリシアさんの裸は妄想したくせに？」

「……」

「黙らないでください」

「す、すまない」

石畳の道を抜けると、丘の頂上に開けた土地があった。

「ここです、うち」

「え」

思わず唖然《あぜん》としてしまったのは、その佇まいが近所の他の家々とは比べものにならないものだったからである。

人の背の二倍ほどはあるであろう鉄柵がぐるりと敷地を囲い、屋敷入り口には帯剣した警備員が二人立っていた。入り口の向こう側には噴水があり、さらにその奥に屋敷が鎮座している。昨日のパーティー会場と比べるとやや小さいが、この辺りでは圧倒的に大きいので、リリィさんの実家がどれほどのものかは推して知るべし。

「こんにちは。中に入れてくださる？」

リリィさんが警備員に話しかけると、すぐさま屋敷の入り口が開いた。

「どうぞ」

にこやかに彼女は言うが、どうにも上手く笑顔を返せない。

リリィさんがお嬢様なのは知っていたつもりだけれども、これは想像以上である。砂利が敷き詰められている敷地を歩いていると、庭師が庭の植木を手入れしているのが見えるし、使用人らしき男達が屋敷の窓を拭いたり、地面に落ちている枯葉を掃除したりしていた。

「――本物のお嬢様だったのか、君は」

「あら、上長は権威に弱い方でしたか？」

クスッと笑うリリィさんは愉快そうに目尻を下げている。

「そういう訳じゃないが、少し気圧されている……」

もっと小さな屋敷が出てくるものだと思っていたのに。

正直、心の準備が間に合っていない。

「しかし、それにしても広いな」

入り口から見えた屋敷は一向に大きくならない。何だったら、噴水にさえたどり着けていない状況だ。子爵ってのはすごいな……。

「見た目だけですよ」

「いやいや——あ、屋敷の隣に家がある！」

俺は衝撃的な光景に開いた口が閉じない。

巨大な屋敷の隣に、ごく普通のありふれた一軒家が建っているのだ。……あの家は一体。

「ああ、あれは——」

俺の疑問にリリィさんが答えようとしてくれたその時。

噴水の方から子犬を腕に抱えて、使用人に日傘を差させている妙齢の女性が近づいてくる。

背は高くスラッとした体型は、洗練された王都の女性という感じだ。リリィさんと血の繋がりを感じさせる色素の薄い髪は腰まで届くほど伸ばされている。凛とした雰囲気はどこかアリシアのようで——まあつまり、突然現れた美人な女性の姿に俺は即座にリリィさんに問いかけた。

「あちらの方はご家族かな？」

「ええ」

「美しい方だな。リリィさんのお姉さんか？」

「……上長、あの人はあたしのお母さんですよ」

「……ん？」

やがて、リリィさんのお母様が近づいてきて、娘に話しかける。

リリィさんはやや緊張したように表情を強張らせる。

まあこれから両親を騙すようなものだ。緊張しない方がおかしいだろう。

「お帰りなさい、リリィ。ちゃんと帰ってきてくれたのね。お見合いだなんて、先走って言ってしまったから帰ってこないかと思っていたわ——それで、あなたは」

娘との会話もそこそこにお母様が視線を俺へと向ける。

そして。

「ヒエッ——」

短い悲鳴をあげて、その場で卒倒してしまった。

「奥方様ッ!?」

側で控えていた使用人が叫びながら、リリィさんのお母様に駆け寄っていく。

「……え、今、何かしてしまっただろうか？」

「いえ、上長は何も……」

目の前で起きた出来事に俺とリリィさんは言葉を失い、呆然と立ち尽くしてしまう。

☆

屋敷に入った俺たちはとりあえず客間へと通された。

リリィさんのお父様と妹さんが屋敷内にいるそうだが、ひとまず倒れたお母様を介抱することにしたらしい。

客間には鹿の頭部だけの剥製《はくせい》が壁に飾られている。

「悪趣味ですよね……」

「まあ、いいんじゃないか?」

貴族の趣味って感じで、嫌な気はしない。

部屋にあるソファに腰掛けると、深々と沈み込んでしまい座り心地が悪いなと思う。隣のリリィさんは平然とした様子で座っているので、もしかしたら俺の座り方が悪いだけかもしれない。

「しかし、本当に俺が恋人役をやるのか……」

「ここまで来たんだから腹をくくってください」

いや、そんなことを言われても。

見た目がおじさんの恋人なんて、俺が父親だったら不審にしか思わない。

……まあ、そもそも俺が父親になれる可能性は限りなく低いのだが。

「お待たせいたしました」

と、ようやくリリィさんの家族が部屋に入ってきた。

先程、倒れてしまったお母様は、何かに怯えるようにお父様の腕にしがみつくようにして歩いている。――体調が悪いとすれば、休んでいればいいのに。

「どうも初めまして」

俺は立ち上がり、リリィさんが俺を紹介しようとする。

「お父さん、こちらあたしの恋人の――」

「こ、恋人ッ!!」

リリィさんの声を遮って、お母様が絶叫する。

ブルブル震えている彼女の俺を見る目は、まるで地獄の底の怪物でも見ているかのように恐怖を映し出していた。

「リリィ、あなた、一体――どうしてこんな恐ろしい殿方とお付き合いしているのですかッ!?」

「……恐ろしい?」

俺はお母様の言葉に渋面になってしまう。

初対面の相手に恐ろしいとは、これはどういう――。

「お母さん、落ち着いて。確かに顔は怖いけど、リリィが連れて来たんだから、大丈夫。きっと大丈夫だから」

お父様の方はまだ心に余裕があるのか、錯乱気味のお母様をなだめている。いやまあ、顔は怖いけどって、失礼じゃないか?

「ええと、リリィ。そちらの方を紹介してもらえないか？」

取り繕うようにお父様が言う。

歳は四十半ばといった感じか。フサフサの頭髪は若々しさを感じるが、頬に見える肌のたるみやシワが年齢を物語っている。

引きつった微笑みが何とも痛々しい……。

「うん。こちらはあたしの恋人のジロルド上長、じゃなくて、ジロルドさんです」

気を取り直してリリィさんが俺を紹介してくれる。

というか、この状況。

俺の偽恋人設定、必要あるだろうか？

何とも場が混乱している気がするのだが。

「ジロルドさん？」

「えーと、職場恋愛してるの！　ジロルドさんはあたしの上司で――」

「弱みを握って、リリィと付き合っているのねっ!!」

「お母さん、変なことを言わないでね！」

どうにも。

リリィのお母様には俺が悪人に見えて仕方ないようだ。

「……その、失礼だがジロルド殿」

「はい、なんでしょうか、お父様」

「お父様っ!?　――いや、えーと、その、とりあえずもうちょっと表情をどうにか出来ないかね?」

「表情ですか?」

「あなたの顔は、その……とても恐ろしい」

「はあ……」

伏し目がちに言うお父様に、俺は不愉快に思うより先に懐かしい気持ちになる。

そういえば、昔はギルドでもこんな扱いだったっけ。

リリィさんのおかげで、今ではあの日々が嘘のようだけれども。

けれども、やはり初対面だとこんな風になってしまうのか。

「すいません。自分の顔が、その何と言いますか、厳ついのは自覚しているつもりだったのですが――」

「少し微笑んでもらえると、まあ、その、妻も落ち着くとは思うのだが……」

「はい」

確かにお父様の言うことには一理ある。

やはり仲良くしたいと思う相手には笑顔を見せるのが一番だ。

「これでどうでしょうか――」

そして、俺は微笑んだ。

「あ、ダメだ、笑っちゃダメな人だった!!」

え、お父様、何を言ってるんですか。

笑っちゃダメな人とか、この世にいるんですか？

「ヒャァァ……殺されるぅ…………」

「こ、殺されるっ!?」

と、ここまでずっと無言だったリリィさんの妹さんが口からブクブク泡を吹いて、卒倒する。

「シルゥッ!?　おい、しっかりしろぉ、シルゥッ!!」

隣でぶっ倒れた妹さんに、お父様が必死で呼びかける。

お母様は何故だか手を合わせて、ブツブツ神様に祈りの言葉を捧げていた。

「……なあ、リリィさん」

「はい、上長」

リリィさんは感情を失ったような眼差しで、目の前の光景を見つめている。

「俺って、人殺しの顔をしているか？」

「はは、そんなことないですよ……」

「だよなぁ……」

阿鼻叫喚とまではいかないが、中々に地獄感のある客間の様子に俺はため息をつく。

「うちの家族がすみません」

「いいよ――なんかこういう反応された方が、開き直れるから」

やっぱり、俺って、そんなに怖いのだろうか。

それにしても人殺しって……極悪人に見えるってことだよな。

ハハッ……はぁ……泣きたい。

それから小一時間が経過して、ようやくリリィさんの家族が一応の秩序を取り戻した。俺の笑顔にノックダウンした妹さんは自室で安静にしているそうで。お母様も精神的にかなりキツそうではあるが、娘を守らなくちゃ、逃げちゃダメだとブツブツ呟いておられる。……俺の方が精神的に参りそうなのだが。

「本当に先程は失礼した。何度謝っても謝りたりないとは思うが、どうか許してほしい」

「自分はアレッシオ子爵に頭を下げてもらうような立場ではございませんので」

「いや、あのような醜態を晒してしまっては……とにかく許してほしい」

「では、許しますので、どうか頭の方はお上げください」

申し訳ないと再度頭を下げてから、お父様は顔を上げた。

「それで――ジロルド殿は娘の恋人だとか」

「ええ、その通りです」

俺はリリィさんに目配せする。細かい説明は彼女に一任すると、この屋敷に来るまでに打ち合わせしていた。

リリィさんが口を開く。

「お父さん、あたし、この人と結婚するからっ！」

そう言って、彼女は俺の腕を掴んでむぎゅーとこれみよがしに胸を押し当ててくる。

ん、何かがおかしい。

俺は確か恋人の役を演じるはずだったのだが。

「……そうなのか？」

「そうです。ジロルドさんはあたしと結婚するんです！」

「なるほど……」

アリシアが既成事実を云々《うんぬん》言っていたのがよく分かった。隙あらばブッ込んでくるリリィさんに俺は返す言葉がない。

「いや、リリィ、結婚って――」

「あたし、結婚します」

「急すぎると思うんだが……」

「恋と結婚は急にするものです」

「違うぞ、絶対に違うからな！」

「あたし、ジロルドさんの子供を産みたいの！」

「生々しいことを言うのはやめるんだ、リリィさん」

「えへへ、言っちゃった……」

お父様が天を仰ぐ。

俺も天を仰ぎたい。

「そもそも――失礼だが、ジロルド殿は私とそう年齢が変わらないと思うのだが……」

「ええ多分。今年、四十になりました」

「そうか……」

「愛があれば問題ないよ」

「そういう問題では……」

再び天を仰ぐお父様。

いや、気持ちはすごく分かる。

可愛い娘が結婚相手を連れてきたってだけでショックなのに、その相手がおじさんだとは……。

「嘘です」

と、神に救済の祈りを捧げていたお母様がいきなり口を挟んできた。

若く美しいお母様は、窓から差し込む光を浴びてまるで絵画に描かれている聖母のような姿をしている。

「リリィは嘘をついています、お父さん」

「ど、どうした、お母さん」

動揺する妻を気遣うお父様を一瞥して、それから一筋の涙を流しながらお母様が俺をキッと睨みつける。

「リリィは――娘はもっと素敵な殿方と結婚するはずなのです」

俺はなんて言い返したら分からず沈黙を選ぶ。

「それが、どうして、こんなにも人生枯れ果てたような歳のいった男と、それも人殺しでもしているような顔をした男と結婚するなんて言い出して……私、考えました。これはきっとやむにやまれぬ事情があるのだと」

「…………」

「お母さん、ジロルドさんが白目剝いちゃってるからやめてあげてっ！」

「この男は、きっと娘を騙したに違いないわ！　多分、借金か何かを背負わせて……リリィは世間知らずだから、何も考えずに契約書か何かに署名してしまって――あぁ、なんてこと」

お母様が自分の妄想に耐えきれず、過呼吸になってしまう。

俺も過呼吸になっていいでしょうか……。

「お父さん、絶対にリリィを家から出してはダメです。私たち、もう二度とリリィと会えなくなってしまうわ！」

どうやらお母様の頭の中の俺は、リリィさんを騙して借金背負わせてその人身《ひとみ》を買い取った男になっているようだ。

「お金ね！　お金が目当てなのね！」

まあ、その妄想の終着点《ゴール》はそこだろうとは思っていたが……。

「……妻が失礼なことを言って申し訳ない」

「いえ、お気になさらずに……」

俺のことは気にしなくていいから、さっさとこの場を収めて帰りたい。ホテルの部屋に帰りたい。そして、一晩中泣いていたい。

「リリィの話はともかくとして、ジロルド殿。あなたが娘の恋人だというのは事実なのだろうか？」

と、それまでの混乱にやや疲れた様子のお父様が訊いてきた。

……ここは、ギルド職員特有の言い回しを使わせてもらおう。

「お嬢さんと結婚するかどうかは分かりませんが、真剣にお付き合いさせてもらっています」

「真剣なのに結婚は考えていないのかね？」

「あ、それは……」

「ジロルドさんは真剣だよ、お父さん！　あたしが妊娠していないのに、もう生まれてくる子供の名前を考えているもん！」

リリィさん以外、全員白目。

「こ、子供の名前だと……」

「こんな男が義理の息子なんて……」

「リリィさん、頼むから変なことを言わないでくれ！」

せっかく真面目な会話が出来るところだったのに。

場をかき乱したリリィさんは反省している様子もなく、舌をペロリと出している。

俺は話を本筋に戻すべく、気力を振り絞った。

「えーと……ですから！　自分とリリィさんが真剣に付き合っているので、彼女のお見合い話はやめてほしいのです。今日、私がここに連れてこられたのも、その願いをご両親にお伝えするためでして」

「なるほど……」

お父様が震える指先で葉巻を取り出し、火をつける。

そしてゆっくりと肺一杯に煙を吸い込み、落ち着きを取り戻すように白い煙を吐き出した。燻《くゆ》る紫煙をぼんやりと見つめてから、彼は言った。

「申し訳ないが、それは出来ない相談だな」

「と、言いますと？」

「娘には幸せになってもらいたい」

それは暗に、俺と結婚したらリリィさんが幸せにはなれないと言っているようなものだった。

俺は俯く。

「我が家は別に大した家ではございません。吹けば飛ぶような中流貴族の家系。おまけに男の子が生まれなかったので、いつかはこの屋敷を親戚に手放さなければならない。子供達に残せるものなどさしてないのです」

父親は語る。

「ゆえに娘たちには暮らしに困らない家に嫁いでもらいたいのだ。出来れば我が家と同じ家格のある家に」

「……お気持ち察します」

「ジロルド殿は善良なる男だとお見受けする。先程妻がリリィを世間知らずと言ったが、それは私とて似たようなもの。その世間知らずな私でもあなたが立派な男だということは、肌で分かります」

「身に余るお言葉です」

「だが、君は少しばかり……歳を取りすぎている」

「………」

事実を口にされると、反論するのは難しい。

実際に俺は年齢を理由に、恋愛に対して後ろ向きになったこともある。

「仮に家庭を築いた時、君は娘ややがて生まれてくる子供達を守り育てることが出来るのかね？　歳を重ねるごとに身体は老い、病が君を追いかけてくる。それに勝てるかね？」

「………」

試されている。

俺はこの人にリリィさんを幸せにする覚悟があるのかを問われていた。

覚悟とはつまり責任。

人生をかけるだけの意思があるのか尋ねられ、そして俺は当然のように答えられない。

「君は実直な男のようだ。それは美質かもしれないが、損をする生き方だと思うぞ」

「ご忠告、身に沁みます」

頭を下げて、俺は説得に失敗したことを悟る。

隣のリリィさんが不安げに俺を見つめていた。

そうだ。

このまま引き下がるわけにはいかない。

「私との結婚はともかく、彼女は今、仕事に集中したいようなのです。なので、お見合い話を持ってくるのは――」

「見合いはさせます」

俺の言葉を遮って、お母様がきっぱりと発言する。

少しは気分が落ち着いたようだ。

「どうしてですか？　リリィさんはお見合いを望んでいないんですよ？」

「女が美しい時間は短いのです」

「私はそうは思いませんが……実際、お母様はとてもお美しいではありませんか？」

「やめなさいっ！　娘を毒牙にかけただけでは飽き足らず、この私さえも獲物にするつもりですか」

「…………」

本気で言ってるから怒るに怒れない……辛いなぁ。

「とにかく――若く美しいうちに、善き伴侶を見つけるのです」

「それがリリィさんの幸せだと？」

「ええ、そうです」

お母様の言葉を聞いたリリィさんは、何も言わないが微かに眉をひそめていた。

「そもそも受付嬢の仕事なんて……せっかく冒険者を諦めたというのに、どうしてこんな……」

ぶつくさと呟かれたお母様の言葉を、俺は聞き流すことが出来なかった。

リリィさんが元々、冒険者志望だったというのは、彼女の就職面接の際に聞いていた。

「受付嬢の仕事を否定されるのですか？」

「当然です。あんな品のない仕事……娘がしていると思うと、胸が苦しくなります」

隣に座るリリィさんは口を固く閉ざしている。

その沈黙が心に落とし蓋をしたようにやけに重く感じる。

お父様を見れば、どこか遠くを見つめた眼差しをしていた。

もしかしなくとも、この手の会話は幾度となく繰り返されていたのだろう。

きっとリリィさんが冒険者の夢を諦めて、それでも違う形で冒険者に関わろうとして――どちらの道も進む時には、きっとこの両親から反対されたに違いない。

「彼女は――リリィさんは熱心に受付嬢の仕事に励んでいます。冒険者のために、彼らをサポートしたいという一心で働いているんです。それをそんな風に仰《おつしや》らなくても」

「ジロルド殿。突然だが、貴族とは何だと思いますか？」

「え？」

本当に突然の質問に、俺は答えを失う。

リリィさんのお父様は苦しそうに息を吐き、そして愛娘《まなむすめ》を見つめた。

「貴族とは名前で生きているのです。我々には何もないし、何も出来ない。これは謙遜ではなく事実だ。王族に阿諛追従《あゆついしょう》する生き物、それが貴族だ。そして、そんな霞《かすみ》のような者たちが生き残るには、結局自分たちの存在価値を保証する『名』を保たなければならない。名声を失った貴族は簡単に没落してしまうのは歴史が証明しています」

俺は彼の言葉に生唾を呑み込む。

「ゆえに我々はとかく名前が傷つくことを恐れるのです。──娘がしていることは、その名前を傷つけるようなことだということをご理解頂きたい」

「……しかし、彼女の気持ちは」

「幸せになってもらいたいのです。リリィの願いを我々は知っています。それでも──我々は娘に結婚をしろと言っている」

最後はお父様も胸を張って言った。

「……お気持ちは理解しました。お二人がリリィさんのことを想って言っていることも」

隣から俺を睨みつける視線を感じる。

それを無視して、俺は言葉を続けた。

「けれども──それではあまりにもリリィさんの気持ちを無視していることになりませんか？　確かにリリィさんのやっていることは家名を傷つけることになるのかもしれない。ですが、彼女は受付嬢として自活しています。貴族の家の娘ではなく、リリィさん個人として生活をしているんです」

俺の反論をお父様は真っ直ぐな眼差しで受け止めている。

「アレッシオ子爵は仰いました。我々には何もないし、何も出来ない、と。しかし、彼女は受付嬢として生活をしています。……どうか彼女の覚悟を、意志を認めてあげてください。リリィさんの生き方は誰に恥じるものでもない」

「残念だがそれを認めることは出来ないのです……なぜなら私は貴族だからだ」

それで話は終わった。

永遠の平行線。

それがリリィさんのご両親との会話で得た答えである。

☆

「かばってくれて、ありがとうございました」

屋敷の中を歩きながら、リリィさんは言った。

吹き抜けになっているエントランスは光の柱が立っているように見えた。上階へ続く階段の踊り場には歴代の当主たちの肖像画が飾られている。

「かばう？　俺が？」

「とぼけないでくださいよ。あたしの代わりに両親に言ってくれたじゃないですか」

「あれは別にかばった訳じゃない」

高級であろう調度品の数々を流し見しながら、俺は木の床が軋む音を聞く。

客間にはリリィさんのご両親が残っている。

決裂した話し合いの余韻は何とも後味の悪いものになり、昼過ぎのまったりとした時間には似合わぬものだった。

「俺はただ、自分まで否定されたような気がしたんだ」

「え」

「自分がしたいことを見つけて、自分の心に従って生きているリリィさんを俺は否定されたくなかった」

冒険者という夢は諦めたが、別の夢を見つけて頑張っている彼女。

それを、たとえ両親の親心であっても否定することを、俺は肯定できない。

他人の家のことだと言われたらそれまでだし、俺がそこまで言及するのは筋違いかもしれない。

が、それでも言わざるを得なかった。

言わなければならなかった。

一つのことに対して、真っ直ぐに、あるいは真っ直ぐすぎた人生を生きた俺だから。

後悔さえも幸せだったたと、言わなければ――。

あの頃の俺を否定することになってしまう。

「だから、かばった訳じゃない。それに、あの二人が言っていることも正しいかもしれない。受付嬢をしているからこそ辛い目にあったり、苦しい思いをするかもしれないぞ」

「そうですかねえ……」

リリィさんは立ち止まり、きょとんとした瞳で小首を傾げる。

そして、言った。

「けど、あたしにはジロルド上長がいますから」

「……そういうことは言わないもんだ」

くそっ——上目遣いに言うなんて、ずるいだろ。

「えへへ。……それはそうと、両親が酷いこと言ってすいませんでした」

「謝るべきはそこじゃないと思うが。リリィさんも散々デタラメなことを言っていただろう」

「えー、そうでしたか？」

「そうだよ！　いきなり子作りしたいって言われて、びっくりしたぞ……」

「あはは、あれ本気です！」

「くっ……」

「ジロルド上長の恋人になれたら、そんな未来もあるんですよね？」

「……恋人になれたらな」

「楽しみです」

リリィさんは、にまっと白い小さな八重歯を覗かせる。

「まるで未来が決まっているみたいな物言いだな」

「決まってますよ。ジロルド上長はあたしを選んでくれるはずです」

「強気の理由は？」

「アリシアさんは美人すぎるし、スズは少しジロルド上長をからかいすぎです」

指折り数えながら、リリィさんは言う。

「だから俺が君を選ぶと？」

「一番、ジロルド上長の隣にいて違和感がないのがあたしだと思いますから」

「似たようなことをスズさんが言っていたような気がするよ」

「えー、スズがですか？　あの子、いつの間に……」

思案するように彼女は顎に手を添えた。

「あ、そうだ！」

「ん？」

「どうせ、実家に来たんですし、あたしの部屋、見ていきます？」

「遠慮しておこう」

「何で即答なんですかぁっ！」

「いや、女の子の部屋を覗く趣味はないから」

「覗きとは違いますから！　あたしが招いてますから！」

「……何で部屋に誘うんだ？」

「今日のお礼です」

端的な回答ではあるが、全く意味が分からない。

「お礼って何だ……」

「いいじゃないですかー、恋人の家に来て、お部屋訪問しないなんてありえないですよ！」

「もう恋人役を演じるのは終わりじゃないのか!?」

「え、あたしの恋人役って何ですか？」

「くっ……」

あくまでも屋敷を出るまでは恋人を演じろということか。

俺はリリィさんに手を引っ張られるがままにする。

「……少しだけだぞ」

「わーい、やった！」

わざとらしい言葉に嘆息しつつ、俺は階段を一段ずつ登っていく。

☆

俺はリリィさんの部屋にあるベッドの端に腰掛けて、彼女が見せてくる子供の頃のアルバムを眺めていた。

ひらひらのスカートを着て、裾をちょんとつまんでお辞儀している女の子が写っている。顔には満面の笑みと、鼻の先っちょには泥がくっついていた。相当、やんちゃだったようである。隣には着飾ったお母様がハンカチを持って膝立ちになって、娘の顔の汚れを拭こうとしていた。

「ほう、これが本当のロリィさん……」

「ロリィ?」

「あ、いや、何でもない」

熱にうなされて見た幻である。

「――この辺になると、もう大人ですね」

「まだ子供に見えるが」

「大人です」

「そうか……」

彼女が大人だと自称しているのは、冒険者養成学校時代の写真である。入学式の写真には彼女一人だけが写っていた。表情はキリリとしていて、強い決意を秘めた眼差しをしている。

「まあ、大人っぽい顔立ちにはなったかな」

「ですよねー。あー、懐かしいなあ」

「ん、こっちの写真にはスズさんと一緒に写っているのか?」

「あ、はい」

制服姿のリリィさんが笑顔で、スズさんとお昼を食べているのが写真に写っている。

ちなみに冒険者養成学校の制服は、その学校ごとによって有無が分かれている。地方だと私服だったりするが王都では制服があったらしい。王都の学校の制服制定は話題にもなっており、俺も覚えていた。

これも冒険者のブランディング活動の一環で、本部のギルドが熱心に取り組んでいる。

カッコイイ制服はそれだけで人の歓心を買えるのだ。

と、学生時代のリリィさんが写っているお宝写真（?）を眺めていると、部屋の扉がノックされた。使用人のおじいさんが飲み物を持ってきてくれたのである。

「ありがとうございます」

礼を言って、俺は受け取る。

喉が渇いた俺はレモネードを頼んでいた。スカッとする喉越しの良さに、俺は思わず喉を鳴らしてしまう。

「……美味い」

「上長がそれを飲むのって意外でした」

リリィさんはホットミルクを飲んでいる。猫舌なのか、マグカップに向けてふうふうしている姿が可愛らしい。

「何で?」

「レモネードって若者の飲み物って印象が」

「……悪意がないのが分かっているから、怒れないんだが?」

「え?」

おじさんがレモネードを飲んじゃダメなのかっ！

憤慨しながら、わざと喉を鳴らしながら飲み干す。

「そういえば、あったかな?」

俺が汗をかいたグラスを持ち運び用のトレイに戻していると、リリィさんが何やら部屋のクローゼットの中を探っている。

彼女の部屋はお嬢様のお部屋らしく大きなふかふかのベッドに化粧台、それにライティングデスク、あとは文学書が収められている本棚と風通しの良い大きな窓があった。

小さなバルコニーもあり、そこには星を眺めるための望遠鏡が置いてある。

「……あった、あった」

「ん、何が？」

「見て喜んでください」

そう言ってニヤニヤしながらリリィさんが取り出したのは、先程写真で見かけた冒険者養成学校の制服だった。

見て喜べとは一体……俺は制服にフェチズムを感じる人種ではないのだが。

「すぐに学校辞めちゃったのであまり着てないですけど――」

「思い出の服ってことだな」

「はい！」

取り出された制服は濃紺のショートパンツと白を基調としたセーラー服だった。動きやすいから採用されたというのが世間一般に知られている理由だが、実際は制服を学校に納入する業者が海軍の軍服も納入していたため余剰在庫を安く払い下げたというのが実情らしい。

とはいえ、それも風の噂で聞いたことなのだけど。

「ジロルド上長――」

「ん?」

「着てみて差し上げましょうか?」

「いや、遠慮しておく」

「えー、何でですか? あたしの制服姿なんて……そんなに珍しくはないですけど、学生服なんてそうそう生で見れるものじゃないですよ?」

「別に見たくはない」

いや、リリィさんには悪いが本当に興味がなかった。

写真で見たし。

制服趣味でもないし。

しかし、彼女は不服そうにほっぺを膨らませる。

「……アリシアさんが、受付嬢の制服着てたら喜ぶくせに」

ボソッと呟かれた言葉が引鉄《ひきがね》になり、俺の妄想がスタートする。

冒険者で溢《あふ》れたギルドの受付カウンター。

そこにアリシアが自慢の金髪をなびかせて、澄まし顔で血湧き肉躍っている冒険者たちの相手をしているのだ。

――良いな。

「何、鼻の下を伸ばしてるんですかぁっ!!」

「伸ばしてない、伸ばしてないから……」

俺に妄想をさせた張本人が声を張り上げて、抗議してくる。

「アリシアさんの妄想はしちゃダメです！　妄想するならあたしでしてください！」

「妄想なんかしてないぞ……」

「上長は嘘が下手過ぎます！」

プンスコしているリリィさんは勢いがついたのか、羽織っていたジャケットを脱ぎ捨てて、シャツのボタンをプチプチと外している。

「や、やめるんだ、リリィさん！」

「やめないです！　あたしも上長の妄想に出演したいです！」

「意味が分からない……」

とにかく彼女の着替えをやめさせなければ。

もしも、リリィさんが制服に着替えたことが外にバレたら一大事《スキャンダル》である。彼女のため、そして保身のためにも俺は行動に移す。リリィさんの細い華奢な肩に手をかけた。

「俺はリリィさんの制服姿に興味はない。だから、やめるんだ！」

「なっ――そんなこと言われたら、絶対、着替えますからっ！」

どうやら俺は火に油を注いでしまったようである。

意固地になったリリィさんは俺の制止を振り切って、シャツを脱ぎ去ってしまう。

露わになったのは日焼けを全くしていない生っ白《ちろ》い柔肌と、豊かな双丘を優しく包み込む黒のブラジャーだった。彼女の胸の谷間に俺の視線が釘付けになってしまう。

「のわっ!?」

見ていない、見ていないフリをしなければ……。

「止めないでください！」

セーラー服を掴んで着ようとするリリィさんを、俺は後ろから羽交い締めするような形で押さえ込む。

「やめるんだ、君と俺にはまだまだ未来があるんだからっ！」

制服プレイは恋人になってからすれば良いじゃないか。

そんな未来が来ればの話ではあるけども。

「未来なんて分からないです。今が一番大事っ！」

「――っ!?」

暴れるリリィさんに正論を言われて、俺は上手く切り返せない。

その一瞬の隙を突かれて、俺は彼女にベッド上に押し倒された。

「な、何を――」

「ふ、ふ、ふ……あたしの勝ちですね、上長」

「勝ち、だと……？」

「制服に気を取られすぎですよ」

見上げればリリィさんが、スズさん顔負けの小悪魔スマイルを浮かべていた。

「やられた……」

俺がいる前で制服に着替え出せば、止められるのが必然。

身体が密着したタイミングで俺をベッドに押し倒すという算段だったのか。

「……もしかして、最初からこれを狙っていたのか？」

「ふふっ……」

部屋に連れてこられてアルバムを眺めていたのも、俺をこの制服トラップに嵌《は》めるためだったのか。

ふかふかベッドの上では上手く力が込められず、上半身を起こそうとしても押さえ込まれてしまう。どうやら俺はリリィさんに完全に手玉に取られていたようである。

「もしかして、君のことを俺は侮り過ぎていたかもしれないな」

「あたしだって女ですから！　チャンスがあれば狙いますよ」

捕らえた獲物に舌舐めずりする蛇のように、リリィさんが身体を密着させて顔を近づけてくる。

可愛いだけの女じゃなかった。その冷たさを感じさせるしたたかさは貴族の令嬢に相応しいものに違いない。

目と鼻の先で、リリィさんが頬を紅く染めているのが見えた。

これだけのことをしておいて、照れがあるらしい。

何とも不思議な話ではあるが、好都合。

まだこの状況を脱する可能性があるということに他ならない。

俺は機会を窺うために、彼女との会話を続けようとする。

「で、この後、俺をどうするつもりだ？」

ゆっくりとリリィさんが俺の眼鏡を外す。

これで俺の視界が封じられた。

「そんなの決まっています」

柔らかい感触を唇に感じて、俺は自分がキスされたことを知る。

彼女の甘い吐息が頬に触れてくすぐったい。

自分の胸の上に程よく弾力のある何かが押し付けられるのも感じる。視界が奪われたがゆえに、俺の感覚器官がいつもの二割増くらいに働いていた。

「好き放題しちゃいます……」

「そいつは中々魅力的な提案だな」

強がってみたところで絶望的な気分は何も変わらない。

……キスされてしまった。

唇に残る感触がその事実を俺に伝え、思考が上手くまとまらない。その代わりに脳裏に浮かぶのはアリシアの悲しそうな表情である。

な、何とかしてこの状況を脱しなければ……。

ぼんやり見える天井の白を視界に入れながら、俺は必死に思考を巡らせる。と。

「何してるねん？」

普段ならば何かしらの厄介さを伴う声が、今に限っては救済の女神様のような声だった。声の響きにはやや面白そうな気配をはらんでいるが、この状況を放置する気はなさそうでもある。

「スズ!?」

リリィさんが慌てて、身体を起こす気配を感じた。

俺も身体の自由を取り戻し、転がるようにして身を起こす。

「助かった……」

しかし、なぜ彼女がこの屋敷に？

「リリィちん、抜け駆けは良くないですん。既成事実は作らないいんじゃなかったねん？」

「べ、別にそんなつもりじゃ……」

「でもボクはリリィちんがたくましくなって、嬉しいですん」

スズさんがニヤニヤしているのは眼鏡をかけてなくても、はっきり分かる。

「童貞おじさん、楽しそうねんなあ？」

「楽しくない、楽しくない－」

「ボクも交ぜて欲しいですん」

「交ぜたら危険だ――というか、どうしてスズさんがここに？」

スズさんの登場で観念したリリィさんが、俺に眼鏡を手渡してくる。これがないと本当に何も見えない。

再び視界を取り戻すと、バルコニーへ出るところ付近にスズさんが立っていた。

「何でって、アリシアちんとのお買い物が終わったから実家に顔出したねん」

「ここが実家？」

訳がわからず、俺は肩をすくめる。

「違うですすん。ほら」

そう言って彼女はバルコニーを指差す。俺はスズさんの近くまで歩み寄って、バルコニーを覗いてみた。指し示す指の先、バルコニーに出てみると——屋敷を訪れた際に見かけた一軒家があった。部屋からは角度的に気がつかなかったようである。

窓が開いていて、そこからスズさんが飛び移ってきたのが一目瞭然だった。

「……危ないことしてるね？」

「でも、ストレートで行き来出来るから楽ですすん」

「落ちなければ平気ってやつか」

そこそこ距離はあると思うのだけど。

バルコニーから下を覗いてみるが、地味に高さはある。冒険者とはいえ小柄な体格なのによく跳べたなと思う。が、無鉄砲な冒険者気質があるからこそ跳べたのかもしれない。

いずれにしてもスズさんとリリィさんの幼馴染っぷりは、俺の想像以上のものなのかもしれない。

振り返れば、リリィさんが不服そうにほっぺたを膨らませていた。

☆

元々、リリィさんは冒険者養成学校では浮いた存在だったらしい。

冒険者になるのは、どちらかといえば下町の——あまり経済的に恵まれていない子供達だった。一攫千金の夢を見て、命を賭け、捨てる。そんな冒険者志望者の中に、貴族の娘であるリリィさんが入ったのだ。

浮いて当然だろうし、無視されるのも当然だろう。

ある程度は覚悟していたリリィさんも、徹底して行われる洗礼にやがて閉口する。

そんな彼女を救ったのは、屋敷に住み込みで働いている家の娘であるスズさんだった。誰もリリィさんを相手にしない教室の中で、スズさん一人が話しかけたそうである。

当時を振り返って、リリィさん曰く、

「スズが神様に見えた」

そうである。

そんな神様と俺は、王都の街をのんびり歩いている。

高級住宅街はすでに遠く、道を下っている俺たちはゴンドラの船着場を目指していた。

「リリィちんとは残念だったねん」

「別に。逆に助かった気分だ」

石畳の道を歩きつつ、俺は率直な気持ちをスズさんに話す。

街の風景は徐々に変わっていく。

先ほどまでは余計なものが何もない洗練されたものだったのに、道を下れば下るほど雑多な視界になっていく。いわゆる下町に近づいてきているらしい。スズさん曰く、この辺はスリも多く気をつける必要があるとのことだ。

「そんな言い方しちゃ、リリィちんが可哀想ですん」

「……気をつけよう」

「そんなにアリシアちんが好きねん？」

「…………」

軽い口調で訊いてくるが、核心に触れているのはわざとだろうか。

俺は沈黙を守る。

隣を歩くスズさんはウエストの部分がキュッと締まったサスペンダー付きのかぼちゃパンツを穿いていた。上は白いシャツとクリーム色のキャスケット帽を被っている。リリィさんの服装がイメージを反転させるものなら、スズさんのそれはよりイメージを強化したものだった。小悪魔っぽさが普段の倍である。

やれやれ。王都にいると途端に、人々のファッションが洗練されているように見える現象について誰か考察してほしいものだ。

「まあいいですん」

左手をポケットに突っ込んで、右手の親指でコインを空に弾《はじ》きながら、のんびりした口調でスズさんは言う。

「――俺のことよりも、せっかくだからリリィさんとの思い出話を聞かせてほしいな」

「いいですよん。何が聞きたいですん？　一週間連続おねしょ事件とか？」

「それはリリィさんの名誉的に聞いちゃダメなやつだと思う」

「おねしょしたのはボクですけどねん」

「なっ……」

「嘘ですん」

「からかうなよ……」

驚く俺に対して、スズさんがペロリと舌を出す。

その仕草は屋敷で見たリリィさんの仕草と酷似している。いや、リリィさんがスズさんに似ているのか？

「うーん、やっぱり学校入る前の一番の思い出といえば、二人で屋敷裏にある草原に冒険者ごっこしに出かけたことですん」

「どんな思い出なんだ？」

「冒険者気取りのリリィちんが野良犬に襲われて半泣きで、ゴブリン役のボクが野良犬をボコボコにするっていう思い出ねん」

「……なかなか、ハードな思い出だな」

「思い出が美しいものばかりとは限らないねんなあ」

「というか冒険者ごっこって——お嬢様の遊びって感じじゃないなあ」

「リリィちんは小さい頃はお転婆ですん。今でこそ落ち着いちゃってますけどん」

「へえ、意外だな。いつ頃から落ち着いたんだ？」

「自分は冒険者になれないって、気がついた時からですん」

「あぁ、なるほど……」

下町の景色にも慣れた頃、俺たちはゴンドラ乗り場へとたどり着いた。船が着いたばかりなのか、観光客らしき格好の男女が下町の方へと歩いていく。

「この辺のゴンドラは生活用のと、観光用ので分かれてるねん」

「優秀なガイドのおかげで、俺は何の心配もしていないよ」

「こっちですん」

昨日買ったフリーパスを提示して、俺たちはゴンドラに乗り込んだ。幸運にも他に乗る客がいなかったので、俺とスズさんの二人っきりだった。

水路はほとんど波が立っておらず、漕ぎ手が櫂《オール》を漕ぎ出すと静かに船は走り出した。

下町の区画のため、水路は狭く路地裏を走っているような気分である。

すれ違う船の中には小さな客室があるものもあった。

「あれは上流階級用ですん」

「お高いのか？」

「それなりに」

金額を言わないのは慎みだろうか。

船はゆっくりと下町の区画を抜けて、大きな水路へと出た。

「この水路が他の水路と合流して、海に繋がってるねん」

「へえ……流石に詳しいな」

「この辺はリリィちんと一緒に船を乗り回してですん」

「乗り回して……まだ彼女がお転婆だった時代かな？」

スズさんが頷く。

幅広の水路にはたくさんのゴンドラが往来していた。石造りの橋の上にはたくさんの観光客がいて、こちらに向かって手を振っている。

海が近づいているせいか、少し波が出てきた。別に船酔いが怖いわけではないが、あまり心地よいものではない。

「あ、見て見て！」

そう言って、彼女は楽しそうに指差す。

その先には濡れたネズミが丸まっているかのような灰色の大きな建物があった。

「あれが我が母校、愛しの冒険者養成学校ですん！」

「ああ、あれが……想像していたのと、ちょっと違うな」

「もっとモダンなイメージだったん？」

「まあな」

　俺の肯定にケラケラ笑いながら、スズさんは説明してくれた。

「元々は寺院だったですん。それが他の土地に移るってことで、建物ごと土地を手放したねん。それを冒険者ギルドが買い取って、養成学校にしたんですん」

「なるほど……経費削減で建物はそのまま使ったのか」

「内装はいじったみたいですん」

　ギルド本部は時々、ケチなのか金遣いが荒いのか分からなくなる。おそらく担当者の性格次第なのだろうが、組織としては金の使い方を統一した方が良い気がするのだが……。

「……思い出はいっぱいか？」

「……ですん」

　波に揺られながら、スズさんは遠く冒険者養成学校を見つめていた。水面に日差しが反射して、さざ波が船を打つ度に彼女のやや幼い顔を照らしつける。

「リリィさんから聞いたが、学生時代は色々助けたんだって？」

「そんな大げさなものじゃないねん。リリィちん、イジメられてたから、ちょっとかばっただけですん」

　そう語る彼女は本気でそう思っているようだ。

「でも、かばうのも大変だったんじゃないか。話によると、クラス中がリリィさんをイジメていたようだし」

「ひどい話ですん。よってたかって一人を狙い撃ちにするなんて、卑怯者の手口ねん」

当時を思い出しているのか、スズさんの小さい肩がプルプル震えていた。

「どうして守ったんだ？」

俺の質問にスズさんが小首を傾げる。

「それ、考える必要あるん？」

「いや、見当はついてるが、スズさんの言葉で聞きたいんだ」

ゴンドラがゆっくりと進んでいく。

上空にはカモメらしき小さな影が優雅に羽ばたいていた。

「悪趣味ですん――リリィちんにつらい思いはして欲しくないねん」

「何でそう思うんだ？」

「だって、物心ついた時から一緒にいるんだから姉妹みたいなものですん」

「姉妹、か」

「リリィちんはボクにとって妹みたいな存在ねん。妹分がイジメられてたら、そりゃ守りもしますん」

「でも、それって勇気がいることじゃないか？　そのために君はクラス中を敵に回した」

強い風が一瞬吹いた。

スズさんがキャスケット帽を吹き飛ばされないように手で押さえる。

「ボクのことは我慢できるねん。けど、リリィちんはダメですん。リリィちんを泣かせるやつは許せないねんなあ……」

「ハハッ……それは恋愛にも当てはまるのか？」

思わず俺は乾いた笑い声を出してしまう。

「どうですかねん――童貞おじさんはリリィちんにひどい事をするん？」

「んー、ひどい事の定義を知りたいなあ」

「女の子に言わせるとは、なかなか鬼畜ねん……」

「えっ」

やがてゴンドラは海が見えるところまで進んだ。ここからは来た道とは別の道を進んで元の船着場へと戻っていくらしい。

「――けれど、こうしてスズさんと二人っきりになるなんてな。初めて会った時はそんなの想像も出来なかったけど」

「人生とはいつだってサプライズの連続ですん」

「そうかもしれない」

彼女の言う通り、ここ一ヶ月程は驚くことばかりで、さすがに少々疲れてきているような気がする。

ちゃぷんと水面から魚が跳ねたのが見えた。銀色の身体にキラキラとした目にも眩しい輝きをまとっていた。

「ところでスズさん」

「ん？」

「リリィさんを泣かせたくないって言ってただろ？」

俺の言葉に、スズさんが黙って頷く。

「それなら、俺をリリィさんと争うのはいいのか？　普通、リリィさんのサポート役になるんじゃないのか？」

「むむむっ……意地悪な事を聞いてくるねん」

確かに意地悪な事を言っている自覚はある。

しかし、微かに俺は香煙草の匂いを思い出していた。

俺はスズさんとの出会いを振り返って、初っ端《ぱな》手玉に取られた事を忘れられない。あの鮮烈な日、彼女に負けっぱなしになるのは嫌だった。ゆえに俺はこんな意地悪な質問をしたのである。

さて、どんな回答が出てくるか。

しばし悩んだ後、スズさんが口を開く。

「恋は別口ねん」

そうきたか。

俺は苦笑しながら頷いた。

「それじゃあ、スズさんはリリィさんを泣かせてしまうかもしれないいな」

「つまり、ボクにチャンスありって事ですん？」

「あ、いやいや……」

言葉尻を上手く捕まえられて、攻守逆転した感があるのだが……。

俺が言葉を濁した一方で、スズさんお得意のニヤニヤ顔が現れる。まるでこうなることなど最初からお見通しだったと言わんばかりに。

つつーと背中を冷たい汗が流れていく。口を開いても、ろくな言葉が出てこないように思われた。

「その、チャンスというか……」

「童貞おじさんをボクのものにしたいねん。首輪をつけて、ご主人様ごっこしたいねんっ！　そのためならリリィちんにだって泣いてもらうねん」

「どんな願望だっ！　そんな事のためにリリィさんを泣かせるんじゃない！」

現状に構わず、思わずツッコミを入れてしまった。

予想外すぎる。

ご主人様ごっこって……そういう趣味だったのか、スズさん。

「それに俺はスズさんのものにはならないぞ……」

「童貞おじさん、わがままですん。仕方ないねんなあ。じゃあ逆でもいいですよん。ボクに首輪をつけて、ご主人様プレイを楽しめばいいねん」

「楽しまなぁぃっ！」

何で俺がご主人様プレイを希望してることになってるんだよ。

ゴンドラはゆっくりと水路を進んでいく。

今は市場脇水路なので、賑やかな店主の声が絶えず聞こえてくる。活気に満ち溢れた王都によくある情景だった。

……それにしても漕ぎ手のおじさんは俺たちの会話を聞いていても平然としているなあ。動揺したっておかしくないのに。まさにプロの仕事ってやつだろう。

「――童貞おじさん」

「ん？」

「ボクからのお誘いを断るのはやっぱりアリシアちんが好きだからなん？」

ストレート過ぎる質問に、俺は言葉を濁すことも出来ず、ただただ目を瞠《みは》ることしかできない。

呼吸することも忘れそうになるが、しかし、この問いから逃れることは出来ないだろう。

俺はキラキラと反射する水面の眩しさに目を細めながら答える。

「ああ、そうだ」

堂々と自分の意思を告げた。

俺はスズさんの反応を待つ。

「それじゃあ――」

心の奥底を覗き見るような上目遣いで、スズさんは小さな口を開いた。

「キスしてもいいよねん？」

一瞬、彼女の言葉の意味が分からず俺は鸚鵡返ししてしまう。

「キス？」

「どうしたって、童貞おじさんがボクのものにならないのなら、キスしても問題ないと思うねん」

「いやいや」

何という強引な理屈を展開するんだ、スズさんは。

「俺はアリシアのことが好きだと言っているんだ。それはつまり、君とキスは出来ないという意味で――」

「リリィちんとはしてたのに？」

「うっ……」

痛い、痛すぎるところを突かれてしまう。

水先案内人の櫂が水面をかき分け、生じるさざ波の音がやけに大きく聞こえた。

船の推進力は増して、このままどこか遠くまで連れさらわれてしまいそうな、そんな気配までした。

「いいよねん？」

「ダメだ……俺にはアリシアが」

「アリシアちんはここにいないよん」

「…………」

そっと、スズさんが俺の手に自分のそれを重ねてくる。柔らかくて、温かいそれは、けれども、震えていた。

よく見れば、彼女はいつもの笑みを浮かべているけれども、どこか不安そうな眼差しをしていることに気がつく。

ああ、怖いのだ。

この娘は。

やがて、俺はフゥと一息吐《は》いて、それから瞼《まぶた》を閉じた。

「それはその通りだな」

「ですん」

それから、スズさんの唇がそっと触れるのを感じる。

「……やっと、童貞おじさんとキス出来たねん」

王都に来てたった数日。俺はリリィさんとスズさんとキスをしてしまった——一体、何をしているんだ、俺は。アリシアという心に決めた女性がいるのに……。

断れば良かったのだろう。

断固として、拒絶出来たはずだ。

けれども。

今、目の前でただキスしただけで照れているスズさんを見ていると、その考えを全肯定することが出来なくなってしまう。

アリシアのことが好きなはずなのに。

その素朴な表情を浮かべる少女に、俺の心がざわついている。

☆

いよいよ王都滞在も終盤に差し掛かってきた。

最後の夕食を食べている間、リリィさんとスズさんは普段よりも静かな様子だった。まるで物憂げなお姫様達といった感じではあるが、その様子をアリシアが不審げに見ている。

「何かあったのですか？」

「何もないですよ。ジロルド上長を両親に恋人だって紹介しただけです。まあ将来的に子作りします宣言とかもしちゃいましたが」

「な、何ですかっ!?　子作りって――」

驚愕に瞼をパチクリさせながらアリシアは言葉を失う。

リリィさんが昼間の出来事を過不足なく説明する。さすがに受付嬢の仕事をしているので、他人に説明するスキルは高い。

話を聞いて、リリィさんに絶句しつつアリシアは俺に向かって言う。

「ジロルドさんのスケコマシ」

「スケコマシてないっ！」

はぁ、と大きくため息を一つ吐《つ》いて、アリシアは口を開く。

「スズさんもぼんやりしていますが……」

「ボクは一緒にゴンドラに乗ったねん」

「なっ……ずるい。というかいつの間に？」

「アリシアちんと買い物し終わってから」

「そんなぁ……ホテルに帰ってくるんじゃなかったです」

意気消沈。

肩をがっくりと落とすアリシアが唇を尖らせて、俺を見つめてくる。

「ちなみにキスもしたですん」

「「キスっ!?」」

アリシアとリリィさんが一斉に声をあげる。

「ジロルドさん、何でキスしてるんですかっ！」

「上長、公共の場でキスしちゃダメだと思います！」

この状況はどう返事をしても乗りきれない。

俺は肩をすくめて下手な口笛を吹いて誤魔化してみる。

誤魔化せるわけもないが。

アリシアに非難の色を隠さないジト目で見つめられながら、俺は夕食を食べる。が、今夜の食事は今ひとつ喉を通らない。昼間の出来事の数々が消化不良を起こしていた。

「私も一緒にゴンドラに乗りたかったです」

そんなアリシアの言葉が耳を通り過ぎていく。

夕食を終えて部屋に戻る。

明日は王都からの鉄道に乗って〈塔の街〉へと帰ることになっていた。今夜はそのための荷物の整理などをしなければならない。ギルドの職員たちへの土産物は既に発送を依頼しているため、自分の荷物だけである。

ひとしきり整理を続け、鞄の中が収まるべくして収まったのを確認して、俺は窓際の椅子に腰掛けた。

懐から香煙草を取り出して火をつける。

白い煙がゆらゆらと立ち上って、そして幻のように消えていった。

柑橘系の爽やかな香りを楽しみながら、昼間の出来事を振り返ってみる。が、それもこの煙のように立ち現れては消えていくだけだった。思考のまとまりは期待出来ず、煙を吐き出す息と共に、まとわりつくような彼女たちとのキスの残滓《ざんし》を振り払おうとする。無論、振り払えなどしないのだが。

部屋の窓から見える王都は輝きに満ちていた。

王都到着の夜に見た光景も美しかったが、今夜のそれは格別である。

それなりの滞在だっただろう。

少し夜風に当たりたくなり、俺はバルコニーへと出る。

街の喧騒が風に乗って聞こえて来そうだった。

「……ジロルドさん」

と、俺を呼ぶ声が聞こえた。

驚き、声のした方を見てみると、アリシアが壁面のわずかな出っ張りに立っていた。

「……何をしているんだ」

寝間着だろうか。

薄ピンク色のネグリジェの裾が風にパタパタと揺れていた。

「ジロルドさんに会いたくて」

男に会うために壁伝いにやってくる女があるだろうか。

普通、逆だろうに。

「危ないぞ……」

「今、そこに行きますから」

そう言って、アリシアがまるでウサギのようにぴょんと軽い身のこなしでバルコニーに飛び込んできた。俺はそれを難なく受け止める。アリシアの両肩をがっしりと掴んで、しばし見つめあった。

まるで時が止まったかのようである。

横目に見える街の明るさに照らされた彼女は、宝石のような輝きを放っていた。

「こんばんは」

取り繕うようにアリシアが言った。

「夜の散歩にしてはお転婆が過ぎるんじゃないか、お嬢様?」

俺がおどけたように言ってみせると、彼女は肩をすくめた。

「だって、廊下にはリリィさんとスズさんがいたので」

「通ってくればいいのに」

「そしたら、ジロルドさんと二人きりになれないです」

「それはそうだが……」

視線を下ろすとちらりと白い彼女の肌が見える。乳白色というのが正しいだろうか、目を瞠《みは》るだけの魅力がそこにはあった。

「二人っきりになられても俺は困りそうだが……」

主に俺の理性が、だが。

「意地悪なことを言うんですね、ジロルドさんは――」

ツンと唇を尖らせて、アリシアは俺に抱きつく。

ふわり、彼女の香りに俺の身体全体が包まれる。そして、そのままキツく抱きしめられる。今日の寂しさを埋めようとしているのだろうか。そういうところは可愛らしいな、なんて思っていたが――。

「ぐっ!?　な、何を……っ!?」

やがて、抱きしめられるというレベルを超えて、締め付けられている俺。

そして明らかに俺を殺す気で両腕を回しているアリシア。

「ふぐぐっぅ……」

全力だ。

全力でこの娘《こ》は俺を殺《や》ろうとしているっ!!

「い、痛い、痛い、アリシア、どういう意図だかさっぱり分からないが、とにかく痛いっ！」

自由に動かせる手で彼女の肩をポンポン叩くが、全く聞こえていないかのように俺を締め続ける。このままでは、先ほど食べた物が胃から逆流して来そうだ。

というか、上手く呼吸が出来ない。

く、苦しいのだが……。

「な、何をしてるんだ……っ！」

「これは、私を置いて今日一日リリィさんとスズさんとイチャイチャしていた罰です」

「なるほど……」

口調こそ軽いが、アリシアの眼差しには許さざる罪を断罪するかのように厳しいものがあった。いや、当然の態度か。今日の俺のしたことは彼女にとって気分のいいものじゃないはずだ。俺としてはそんな気はないのだが、アリシアを不安にさせるには十分すぎる行いに違いない。

「本当にすまなかった。俺はアリシアを傷つけるつもりはなかったんだ……」

「分かってますが、嫌なものは嫌なんです！」

「ぐはっ……」

抵抗しようと思えばいくらでも出来るし、逃れようと思えば逃れられるが、それを甘んじて受け入れることが本日の贖罪《しょくざい》になるのであれば、俺は甘んじて受け入れよう。

文字通り、アリシアの怒りを一身に受けて、見てはいけないものを見てしまったような気分を味わってから、ようやく俺は彼女の抱擁から解放された。

「申し訳ない。仕方がなかったとはいえ、辛い思いをさせてしまった」

「本気で思ってますか？」

「ああ、本気だ」

それにリリィさんやスズさんとの時間を後悔している訳ではないけれども、アリシアと滅多に来れない王都で一緒の時間を過ごせなかったのは痛恨に感じている。

「俺に罪滅ぼしの機会《チャンス》をもらえないだろうか？　アリシアに許してもらいたいんだ」

「じゃあ、いっぱいいっぱいキスしてください！」

「いっぱい……」

「私がキスで溺れ死にするくらい」

「死んでしまったらダメだと思うんだが」

キスで死んでしまうってどのくらいのキスをさせるつもりなんだろう。

「もうっ、罪滅ぼしする気があるんですか？」

頬を膨らませて、アリシアが俺に迫る。

「ジロルドさんが優しくて、あの二人と一緒にいるのは分かってますけど……それでも、私を一番にしてほしいです」

「そんなことを言わせてしまってすまない……俺としてはアリシアが一番なんだが」

俺がそう言うと、アリシアは一瞬せつなそうに目を伏せて、そしてまた口を開いた。

「……一緒に居たかったです」

だから、彼女が切なそうに目を細めつつそう言った時、俺は心の中にじんわりと温かな何かがスウッと染み込んでくるのを感じたのである。

「またいつか来よう。――今度は俺とアリシアの二人で」

俺の言葉にアリシアがフッと微笑みを浮かべた。

「それじゃあ、その時はゴンドラに乗りましょう。それでこの都を巡りたいです」

「楽しみだな」

夜風が吹いて、彼女の前髪を揺らした。

「……ここは少し寒いな。中に入ろう」

そう言って、俺はアリシアの手を引く。

「私は暖かいですけど」

「むっ」

と、不意打ち的に、アリシアが俺の唇にキスをして来た。避けることもないので、そのまま受け入れる。

「キス、しちゃいました」

「……いきなりは困る」

「ジロルドさんの一番なんだから、いいじゃないですか」

照れを隠すようにはにかむ彼女と、俯きがちに頬をかく俺。

「キスっていいですね」

「ん？」

「だって、ちょっと触れるだけなのにこんなにドキドキするんですから」

「……そうだな」

四十のおじさんにはキツイくらい胸が鼓動する。このままのペースで鼓動が続いたら、俺の心臓はもしかしたら破裂するのでは？

部屋に入ると俺は彼女に適当に椅子を勧め、何か飲むものをとグラスを用意しつつ部屋に用意されて居た葡萄酒のボトルを開ける。さすがに高級ホテル。ここには欲しいものが何でも揃っている、そんな気がした。

グラスに酒を注いでいると背後に歩み寄る気配を感じる。

「ん、どうした？」

ボトルを置いて振り返ると、そこにはネグリジェを脱いで、下着姿のアリシアが恥ずかしそうに視線を落としながら立っていた。

まるで泉の妖精《ニンフ》のように俺の心を魅了し、この今一瞬を永遠に留めてしまいかねない誘惑があった。

「な、何を……」

面積の小さい紫色のブラジャーがたわわに実った両方の胸をキュッと締め上げ、魅惑の丘を形成している。レース柄のそれはとても性的で直視できるものではなかった。

視線を落とせば、乳液《ミルク》に浸《ひた》されたような白い肌はしっとりとしているように見え、鍛えられた腹筋が薄く割れているのが見える。

下は……と、そこで俺は自分の視線を強引にアリシアの身体から剝がした。

「ど、どうでしょうか？　ジロルドさんの好みに合っていますか？」

不安げに訊いてくるアリシア。

俺は生唾を飲み込み、答える。

「いや、好みかどうかといえば――」

これほどに刺激的な女性下着を見たことはない。

ゆえに好きか嫌いかも分からないが。

「照れるな……」

俺の答えに満足したかどうかは分からないが、彼女は安堵したように息を漏らした。

「もっと見て欲しいです……」

そう言って、アリシアは俺の手を握る。

そして、癒しの泉に誘い込むようにそっと手を引いた。

拒絶しようと思えば、簡単に振りほどけるそれを俺はそのままにする。まるで夢遊病にでもかかったかのように、ゆっくりと誘《いざな》われるがまま歩いた。

やがて、アリシアがベッドの前で立ち止まる。

「顔ばかり見るんですね」

「……仕方ないだろ」

どうしても視線を落とすことが出来ない。

彼女の魅惑的な胸元やその先を直視しようと思えば簡単に出来るし、アリシアがそれを望んでいるのも分かった。

けれども、俺はどうしても踏み込めない。

ぐるぐると回り続ける思考ともいえない何かが、俺に最後の一線を越えさせまいと急速にその回転数をあげているからである。

「——昼間、スズさんと一緒にこれを選んだんです」

「スズさんと？」

「あの人は恋敵《こいがたき》なのに、不思議な人です」

「まあ確かに……」

競争相手に勝負下着を選んであげるとはこれいかに。

……いや、何かしらの意図があるのかもしれないが。

「だから……私が自分で選ぶよりもエッチな自信があります」

「とんでもない自信だな」

「胸とか、触りたくならないですか？」

そう言って、俺の手を自分の胸元に誘導しようとするが、俺はそれを必死に抵抗する。

頑として動かない手にアリシアは悲しそうに眉を下げた。

……いや、なんで俺が責められている感じになってしまうんだ!?

「……少し積極的過ぎないか」

自分が作った空気に呑まれているのか、アリシアが常になくアグレッシブな言動を取っている。

「ジロルドさんのせいです」

「俺のせい？」

「私のことを好きだって言ったくせに、リリィさんたちとイチャイチャしちゃって――」

アリシアは蛇が巻き付くように、俺の身体の横側に回り込みながら囁くように言葉を紡ぐ。まるで俺に罪を自覚させようとするかのように。

どうやら俺はアリシアを不安にさせてしまっていたようで。

「すまない……」

「謝るくらいなら、行動で示してください」

言って、彼女は俺の肩を押してベッドに押し倒そうとする。

不意打ち的なそれに俺の両足は耐えきれず、ボサッと仰向けに倒れた。

「あ、アリシア!?」

「追い詰められたウサギみたいな顔してますね、ジロルドさん」

そして、彼女はふふっと笑う。

「可愛いです……」

そっと、俺の頰にアリシアの冷たい手が触れた。

「や、やめろ、落ち着くんだ、アリシア」

「私は落ち着いていますよ、ジロルドさん」

「このまま進んだら――」

「このまま進みたいです」

アリシアの指先がゆっくりと頬から首筋へ移動していく。

彼女の言葉はそのままの意味で、俺が踏みとどまろうとしている一線を軽々と越えていくものである。

振り子が一回転してしまうように、大きく勢いをつけて、アリシアは俺との関係性を前へ進ませようと、その身の重さで俺の身体をベッドに押さえつけてしまう。

「落ち着きがないのはジロルドさんの方ですよ」

「いや、何というか――勢いに任せてするのは良くない気が」

アリシアの美しい顔のその先に、天井が見えた。

美しい部屋の中で、そこだけが手入れされておらず、はるか昔に塗られただろう塗装が剝《は》げていた。

そう。

勢いで何もかもを押し通せるほど、俺は若くはない。

どれほど誤魔化そうとしても、見えてしまうものは見えてしまう。

ゆえに考えてしまうのだ。

この先のことを。

「こういうのは勢いが大事だと思います」

「いや、勢いでやったらダメだろ」

俺のシャツのボタンに手をかけたアリシアが固まる。

何やら彼女のスイッチを押してしまったようで――。

「勢いがなかったら、やることやれないじゃないですか！」

「やることやれないっ!?」

品のない表現がアリシアの口から出てきて、俺は驚いてしまう。

人生一周半しているのに、まだまだ驚くことはいっぱいあるようだ。

「私、ジロルドさんを看病したあの日、そのごにょごにょ……と思ったのに何もごにょごにょ……しなかったの、すごく後悔してたりするのですが!!」

「ごにょごにょの部分が不穏なのだが!?　……ま、まあ、そういえばそんな日もあったな」

「雰囲気とっても良かったのに、ジロルドさん、キス止まりで、全然手を出して来ないし……まあ体調不良だから仕方ないかなと思って気持ち抑えてたのにっ！」

ハァハァと息を切らしながらアリシアは言い募る。

「それともジロルドさんは……私とはしたくないってことですか？」

その言葉にグッと来ない男はいないだろう。

ただし、注釈を付けるのならばそれは若い男に限るという話だ。

もしも今夜、一線を越えてしまえばもう後戻りは出来ない。アリシアにとって、俺はただの好きな男ではなく人生を共に歩く男になるのだ。

俺は想像する。

それはきっと幸せなことだろう。

アリシアの隣に俺が立っている。

望んでいたものに違いない。

だがしかし。

躊躇してしまう。

俺はアリシアを幸せに出来るのだろうか。

その不安を彼女に打ち明けるのは、卑怯だろうか。

俺を見つめるアリシアの碧い瞳を見つめ、結局自分の気持ちを率直に述べることにした。喉が異常に渇き、発する言葉がやや詰まってしまうがそれはご愛嬌ということで。

「そういう訳じゃない。ただ、このまま進んでしまって――つまり、その……俺とアリシアが夫婦になるというか」

「夫婦！」

「俺はアリシアと、つまり……したとして、そしたらやっぱり結婚するんだろうなあと思ってだな」

「結婚!!」

俺の言葉を受け取って、はわわとなっているアリシアが、その人形のように真っ白な頬を朱に染め上げて言葉を繰り返す。

ベッドに俺を押し倒した張本人のくせに、何でそんなに動揺しているんだ……。

「……アリシアは俺でいいのか?」

「今、それを訊くのですか? ……それって、ズルいなと思います」

「ズルをしているつもりはないんだが」

目の前のアリシアはその目を爛々と輝かせて、まるで獲物が目の前にいる猫のように俺を見下ろしていた。

「それじゃあ、私に言わせたいのですね。……いいですよ、ジロルドさん。それがお望みなら、私が言ってやりますよ」

「お、おう……?」

別にアリシアに言わせたいわけではなかったのだが、何やら吹っ切れたような表情をして彼女は口を開いた。

「私を――私をジロルドさんのお嫁さんにしてください!」

覆いかぶさるようにしているアリシアを、俺は呆然と見つめる。

クールを装おうとしているが、破顔していて全くクールになっていない。それどころか、どこか酔っ払ったかのようにふにゃふにゃしていた。

「お、お嫁さんって」

「俺でいいのかなんて、訊いてくる人にはこれくらいはっきり言わないと分かってもらえないと思ったので」

「うっ……」

堰を切ったように、勢い込むアリシア。

普段ならばこんな風には言わないだろうけど、それだけ昼間の話が頭にあるようだ。

「そ、それに……リリィさんがジロルドさんと、こ、子作りしたいとか言ったそうじゃないですか！　けど子作りできるのは、結婚相手だけですからっ!!」

「お、おう……」

「ちゃんと弁えてくださいね！」

「はい……」

勢いに気圧されて、俺は頷くしかない。

「そ、それじゃあ、このまま先に進みましょうか」

「へ――」

「まさか、押し倒されて終わりだとか思っていた訳じゃないですよね？　ちゃ、ちゃんと最後までやりきりますよ！」

そう言葉では言いつつも、俺を押さえ込む手が震えているアリシア。

俺はその手を摑んで言う。

「言わせて悪かったよ――えーと、それじゃあ、とりあえず電気を消すか？」

「そ、そうですね」

アリシアが身体を退《ど》けて、俺は部屋の電気を消すべく入り口の方へと歩き出す。背中に視線を感じて、やや居心地が悪い。というか照れてしまう。

本を読んでいて、そういう場面になると決まって電気が消されていて、俺は不思議でたまらなかった。が、今ならよく分かる。

はぁ……。

いよいよ、前世を含めて初めての経験か。

いきなりの出来事過ぎて、何の心の準備もしていなかった――。

準備不足は明らかだが、ここで引き返すような真似は出来ない。振り向けば不安そうにベッドに腰掛けて俺を見つめているアリシアがいた。

先程までの興奮は治《おさ》まって、今度は理性が彼女を支配しているのだろう。

勢いで突き進んでいるが、果たしてそれでいいのかと。

先程まで俺が感じていた逡巡を、違う形でアリシアが味わっているのである。俺は電気のスイッチに手をかける。

と、そこで部屋の扉をノックする音が聞こえた。

「ジロルド上長、ドアを開けてくださいっ！」

何やら切迫したリリィさんの声が、扉の向こうから聞こえてくる。

「どうした？」

扉越しに俺は問い返す。

横目にアリシアに視線を向けると首を左右にブンブン振っていた。

その意図するところを明確に俺は理解する。

「上長、スズがいきなり現れたむくつけき男たちにさらわれて――とにかく、急いでくださいっ！」

「え、さらわれた――」

リリィさんの言葉に俺は再びアリシアに視線を向ける。

するとアリシアも不安になったのか立ち上がった。

「廊下でお喋りしていたら、急にさらわれてしまって――あたしだけじゃ、どうしようもないので！」

スルスルと足音を忍ばせてアリシアが俺の背後まで近寄ってくる。

スズさんがさらわれた。

一瞬、頭の中が真っ白になりそうな話だったが、俺は冷静に思考を切り替える。そして、アリシアに振り向いて言う。

「すまないが……俺は行かないと」

「ですね――残念ですけど、スズさんの身が心配です」

「ああ」

そうと決まれば早い。

俺は扉の鍵を開けて、廊下のリリィさんと対面する。

「スズさんをさらった男たちはどこへ向かったんだ？」

「あはは……」

リリィさんは困ったような笑みを浮かべていた。

笑み？

違和感に俺は開いた扉の向こう側を覗く。

「正解ですん」

「んなっ!?」

そこには男たちにさらわれたというスズさんが立っていた。

言葉を失い、棒立ちになっている俺を他所《よそ》にリリィさんとスズさんが俺の部屋に乱入してくる。

当然、そこにはアリシアがいて——。

「アリシアちん、一人だけ抜け駆けはいけないですん」

悪巧みを思いついた小悪魔のような笑みをスズさんが浮かべていた。

「す、スズさん、それにリリィさんも——そういうことですか。騙したんですね」

アリシアは怒りに肩を震わせる。

「おっと、怒るのはなしねん。先に童貞おじさんの部屋に押し入ったのはアリシアちんなんだから。ホテルでは淑女協定を結んでいたのに、それを破ったのは誰ですん？」

どうやら俺の知らぬ間に淑女協定なるものが結ばれていたらしい。

まあ、おかげで今夜までは静かに過ごせたからいいか。

「……くっ」

「いやあ、部屋にいないことを早めに気付けてよかったねん。事が始まってたら、事ですん」

ニヤニヤとスズさんが笑う。

アリシアと最後までいかなかったのは残念な気持ちではあったが、まあこれも仕方ないか。残念な気持ちもあれば、妙にホッとしたような気持ちでもあった。

「ジロルド上長も気をつけてください。出張先で部屋に女を連れ込んだなんてバレたら、処分を受けることになりますから」

「……お、おう」

リリィさんから小言を言われてしまい、背筋が伸びる思いだ。

「ま、それは建前ですけどね」

ペロリと舌を出すリリィさん。

やはり、王都はこの二人の故郷《ホーム》ということか。

もろくもアリシアの企みは破れた。俺の部屋に三人の女の子が押しかけてきたのである。かくして王都滞在最後の夜は、明け方までリリィさんたちの姦《かしま》しい会話で彩られることになった。

第四章　俺はリリィさんの味方だ

王都滞在が楽しい時間だったかはさておいて。

鉄道を利用して約一週間。

そう、ちゃんと帰りは陸路で帰ることが出来たのである。鉄道のチケットを頼んだのに、無駄に気を利かせた本部職員が飛竜船のチケットを購入してしまうトラブルもあったが、また空路で飛竜に襲われたらかなわないので〈別に俺が高所恐怖症だから飛竜船を避けた訳ではない。断じてない！〉、割合強引に鉄道に乗ったのである。

アリシアたちも俺と長く一緒にいられるということで嬉しそうにしていた。

ちなみに寝台列車を利用したのだが、まあそこでの出来事《ハプニング》は割愛させてもらおう。

そんな訳で大陸を横断する形で、俺たちは〈塔の街〉に戻っていた。

俺たちが不在の間も、街は平常運転だったらしく特に何事も起きずだったらしい。列車が街に到着すると、俺はギルドに直行した。溜まっているであろう仕事を片付けるためである。とはいえ執務室に入って、すぐに目についた自分の机に山積みにされている書類には少々面食らってしまったが。

アリシアはひとまず旅の疲れを癒すということで、俺の部屋には近寄らずのんびり休暇を取っている。以前の活動で稼いでいた金はたんまりあるようで、多少放蕩生活をしても一年は余裕で過ごせるらしいとか。

実際のところ、王都滞在最後の夜の中途半端なところで終わったあれが恥ずかしくて、顔を合わせづらいというところもあるようだが。

リリィさんは街に戻った翌日から普通に受付嬢の仕事をしている。

スズさんに関しては、新しいパーティーに参加しなければダンジョン探索に復帰できないので、ギルド内で行われているパーティーメンバー募集会に積極的に顔を出しているようだった。

そんな風に日常が戻りつつあったある日。

秘書が、俺に冒険者ギルド本部からの極めて異例な要請の連絡を伝えた。

☆

「……これはどんなふざけた話だ」

「しかし、ギルド長。本部からは正式に要請が出ています」

「調べてみたが、このような出向は過去になかったようだが……」

秘書に対して目を細めてみたところで、状況は何一つ変わらないことなど百も承知だが、それでも俺は自分の目を細めずにはいられない。

不愉快極まりない、王都からの要請は虫酸《むしず》が走るのに充分すぎる内容だった。

「なんでリリィさんを――受付嬢を一王族の秘書として出向させなければならない」

俺は机の上にある白い封筒と、一通の書簡を忌々《いまいま》しげに見つめた。

書簡には簡潔にリリィさんの出向要請の通知が書かれているだけである。

「命令じゃないだけ、まだマシかと」

「体裁のためだろ」

ギルド本部の体裁を守るための要請。

決して、王家の人間から強要された訳ではないことを示すための証明《アリバイ》作りの一環でしかない。

要請とはすなわち説き伏せろ、という意味である。

「ガスパーニ大公殿下、か……ふざけるなっ！」

俺は尊大そうなガスパーニの顔を脳裏に思い浮かべて、机を拳で叩き、舌打ちの一つを漏らす。

「ギルド長……不敬になります」

「君が告げ口でもするのか？」

「まさか」

恐縮した秘書に俺は手を振る。

「口が過ぎた。すまない」

「いえ、私も気が利きませんでした……」

ガスパーニがリリィさんを自分の秘書として欲し、その意を汲んだ冒険者ギルド本部から出向するように、彼女を説得しろ。それがこの話の大まかな筋である。

「しかし、本部から要請がある以上、リリィさんにそれを伝えることは必要かと」

秘書の言葉に俺はある程度、冷静さを取り戻す。

「ああ、そうだな。とりあえず、彼女を部屋に呼んでくれ」

部屋から秘書が出て行くと、俺は椅子の背もたれに全体重をかけて息を吐き出す。

王都のホテルでちゃんと断ったというのに。全く恐るべきは王族の執念か。

天井をしばし見上げて、俺は今後の展望を思い描く。

リリィさんの意向をまずは聞かなければならないが、恐らくは拒絶だろう。

であるならば――。

「……もしもすれば全面対決も辞さず、か」

リリィさんだからという話ではない。

ギルド長として一人の職員の意思を守れずに、役職を全うすることなど出来る訳がないと俺は考えている。ギルド長は冒険者ギルドの組織の一員であるのと同時に、各ギルドで働く職員を守る立場だ。ゆえに本来は上からの要請を聞き入れなければならないのだろう。

だがしかし、今回の要請には道理がない。

ギルド本部が王族に対して行った、ただの政治的配慮《そんたく》である。

そんなものに俺の部下を巻き込ませたくはないし、巻き込ませてはいけない。俺が身体を張って防波堤になるべきことだ。もちろんリリィさんが、あのガスパーニの秘書になることを良しとするなら話は別ではあるが……。

ギルド本部と事を構えることになるとは、夢にも思っていなかったが、それも仕方なしと俺が腹をくくっていると、リリィさんが部屋に入ってきた。

「お呼びでしょうか、ジロルド上長」

「ああ。適当に腰掛けてくれ」

椅子を勧めて、俺は机の上にある封筒と書簡を秘書に預ける。秘書はそれをリリィさんに渡す。

「まずは、それを読んで欲しい。そして、君の意見が聞きたい」

俺はただそう言って、沈黙する。

リリィさんは俺の態度から何かを察して、恐る恐るといった手つきで書簡を取り上げた。

しばらく文面に目を走らせた後、彼女が俺を見つめた瞳は月明かりに照らされた灰色の雲のような陰鬱な輝きを宿していた。

「……あたしがガスパーニ殿下の秘書に？」

「決定事項ではない」

彼女は書簡に目を落とす。

「実は上長」

「ん？」

「あたしの実家の方にも話が行っているようなんです」

「……そうなのか？」

「あたしが知ったのは数日前のことですが、どうもガスパーニ殿下が父に直接話を持ちかけたようで」

「なるほど……」

「一応、お断りはしたのですが……」

声が小さくなっているリリィさんを見つめながら、俺は事態の全容をおおよそ把握することが出来た。

ガスパーニは最初、リリィさんの両親に秘書になるよう話を持ち込んだ訳だ。

大公殿下《ガスパーニ》と彼女のお父様では地位の上下は明確である。

話はすんなり通ったのだろう。何せ秘書とはいえ王族のそばに娘を近づけることが出来るのだ。

お父様はリリィさんを説得しようとしたが、それは上手くいかなかった。

リリィさんがどういう方便を使って断ったのかは分からない。

だが、実家で暮らしていない彼女が言い逃れることはそう難しくなかったはずである。

そして、お父様経由でのリリィさんの説得が無理だと悟ったガスパーニは、今度は彼女の職場である冒険者ギルドに圧力をかけたのだろう。

いや、圧力なのか、それともただの取引なのか。

詳しいところは想像するしかない。だが、とにかく、冒険者ギルドはガスパーニの意を汲んで、出向を促す手紙を彼女の上司たる俺に寄越したのである。

事の推移はおよそこんなところだろう。

「――確認したいのだが、リリィさんはこの話をどうしたい？」

「どうしたい、と言いますと」

「受付嬢の仕事をしたいのか、それとも、ガスパーニ大公殿下の秘書になりたいのか。そういう意味だ」

俺は威圧感を与えないように、なるべく微笑むようにしたが上手く笑えた気はしない。

「それは――もちろん、受付嬢の仕事を続けたいです」

彼女は俺の瞳を見つめて、はっきりとそう口にした。

「そうか……それはなぜだ？」

「そんなの決まっています。冒険者の皆さんを支える事の出来る仕事ですから」

「リリィさんは、最初からそうだったよな……」

俺は彼女を採用した面接のことを思い出す。

拙《つたな》い言葉で、必死に自分の想いを伝えようとしていた彼女。言葉の端々から溢れ出る冒険者という職業に対する情熱。俺はリリィさんの、その真っ直ぐな想いに惹かれて採用したのである。

そして、今も、彼女はその情熱の火を燃やし続けていた。

ならば、俺の取るべき道は決まっている。

「分かった――だったら、本部の方に断りの連絡を入れよう」

俺の言葉に秘書とリリィさんが目を丸くした。

「ギルド長、本気ですか？」

「本気だよ。手紙を用意してくれ」

秘書が用意をしている隣で、リリィさんが呆然としたように立ち尽くしている。やがて、彼女は意を決したように口を開いた。

「上長――受付嬢の仕事を続けたいと言ったばかりで恐縮ですが……どうしてですか？　本部からの要請、ですよね？　それに逆らうって、つまり」

「気にするなよ。俺はただ、俺の部下の想いを守るだけだ。君の願いは真実で、そして尊いものだからこそ、俺は本部にも楯突ける」

そして俺は微笑んだ。今度は上手く笑えただろう。

「ジロルド上長……」

「そんな心配そうな顔をするなよ」

「心配、しますよ。だって、本部からの要請を拒絶するなんて」

「それが俺のギルド長としての在り方だよ」

そう言って、俺は頷いた。

話はそれでお終いである。あとは本部にリリィさんの出向をギルド長として拒絶する意思を示すだけだ。

不安げなリリィさんに仕事場へと戻るように促し、俺はしばし天井を見上げる。

「大変なことになりますよ」

「どうだろう……まあ、そうなるか」

冷めきったコーヒーが入っているマグカップを手に取り、俺はその苦い味が口いっぱい広がるのを黙って感じていた。

☆

〈塔の街〉は短い雨季に入っている。

三日は雨が降り続き、二日程薄曇りが空を覆い、そして一日だけ晴れた。季節の変わり目に訪れるその雨は、ほとんど勢いがなく微かに頬を濡らすような小雨程度のものである。乾いた街に霧吹きをサッと吹いたような、そんな日々が続いていた。

目抜き通り沿いにある喫茶〈ロダン〉は街が誕生した最初期に開店した老舗の喫茶店である。煉瓦造りの建物は二階建てで、木の床は歩く度に軋む音がした。香煙草の匂いが染み付いた店内は、ラジオから流れてくる音楽と人々の雑談で満たされている。

「……それで、何を頼む？」

俺は通りに面した店内のテーブルに、リリィさんと一緒に座っていた。

「……それじゃあ、ミルクティーを」

「俺はイチゴパフェにしよう」

「……コーヒーじゃないんですか？」

「甘いものを食べたい気分だからな」

通りかかった店員に注文していると、恐縮しているように身を縮こまらせている彼女が盗み見るように俺を見てくる。

「……香煙草を吸ってもいいか？」

「別にいいですけど。——上長って、吸うんですね」

「ああ」

「知らなかったです」

「好きなんだよ」

俺は懐から香煙草の入った紙箱と燐寸《マッチ》を取り出して、火をつけた。

気怠そうに白い煙が宙を漂っている。

「ん、柑橘系の匂い……」

「嫌いか？」

「好きですよ」

俺の問いかけにリリィさんが春の日差しのように微笑む。

「そうか……」

「どうかしました？」

「いや、昔、苦手だって言った奴がいてだな」

スズさんのことだけど。

初めて会った時、お互いに香煙草を吸って、俺が柑橘系を吸っていると薬っぽくて苦手だと言われてしまったのだ。

俺が香煙草の紫煙を燻らせて楽しんでいると、店員がパフェとミルクティーを運んできた。

「先に手をつけていいよ」

「はい。頂きます」

カップを手にとって、慎重に彼女は口をつけている。

「美味しい……」

「当然だな。ここは街一番の喫茶店なのだから」

俺のお気に入りでもある。

朝の時間帯限定で出してくれるサンドウィッチは肉厚のベーコンと濃厚なチーズが挟んであって美味い。おまけに持ち帰りだと他の喫茶店よりも安くなるのだから懐にも優しい。通勤途中に買って、執務室で食べるのは俺の密かな楽しみの一つだ。

「大人なお店ですね」

「若い女性も来るようだが？」

目の前の窓ガラスのその先にはテラス席があった。

コーヒーをお供に新聞を広げている紳士たちに交ざって、ワンピースに大きな帽子をかぶった大人の女性たちが、楽しそうにお喋りをしている。

「ほんとだ……」

「まあ入りづらい雰囲気ではあるけど」

「ですです。ジロルド上長と一緒じゃなければ入れませんよ」

「そうか？」

通い慣れているので、彼女のその感覚はよく分からなかった。

「でもまあ、気に入ってくれたのなら、また一緒に来るか？」

「え、良いんですか？」

「ああ、構わない。美味しいコーヒーを一人で飲むのも悪くないが、話し相手がいたらもっと素敵な時間になるだろ？」

「……上長、なにか変なものでも食べましたか？」

「んっ？　何でそうなる？」

「いやだって」

リリィさんが信じられないものでも見るような目で俺を見て。

「そんなキザな言葉をさらさら言えるなんて、上長らしくないですよ」

「……キザか？」

「です。普通に聞いたらデートの誘い文句ですよ」

俺としては普通に言ったつもりなんだが……。

というか、デートの誘いって何だよ。

「――じゃあ、一緒に行くのはなしだ」

「わー、全然キザじゃないです。あたしも一人でコーヒー飲むより一緒に飲む相手がいたら嬉しいです！　ので、また来ましょう」

　強引にリリィさんが話をまとめてしまった。

　俺は小さくため息をついて、香煙草の火を消す。

　そして、クリームがやや溶け始めているパフェにスプーンを伸ばした。

「それで、あの、上長」

「ああ」

「何で、今日はここに？　一応、今、仕事時間中ですよ？　あたしたち、仕事サボってますよ」

「大丈夫だ、サボってなんかいないぞ。俺たちがここにいる理由――それは君の個人面談をギルド外で行っているに過ぎないからだ」

「えー……」

　ちゃんとここの会計も、経費で落とすつもりだしな。

　俺の執務室で話をするのと、この喫茶店で話をすることに大差はない。それなら気楽に話せそうなこの場所を選ぶのもそう悪くはないだろう。

　クリームと合わせてイチゴを一欠片《ひとかけら》、口に運ぶ。

　甘酸っぱいイチゴソースが口一杯に広がって、俺のほっぺが美味い美味いと騒ぎ立てていた。

「個人面談って……あたし、何かしましたか？」

「いや」

　パフェを半分ほど食べ終えて、俺はスプーンを置いた。

「ただ――リリィさんの元気がないなと思ってだな」

「あたしの元気、ですか？」

「いつも通り仕事をしているがどうにも……」

元気がなさそうに見えたのである。

受付カウンターの中で浮かべる微笑みも、普段と比べてどこか影が差しているというか。

「何かあったのか？」

「何か、と言いますと？」

俺の様子を窺うように彼女は訊いた。

「今朝は美味しい食パンにブルーベリージャムをたっぷりのせて食べましたし、昨日の夜は十時を過ぎた頃にはきちんと寝ていましたよ」

「……そういうことじゃなくてだな」

「違うんですか？」

本人が気付いているかは分からないが、話をはぐらかそうとしている彼女はどう考えても不自然な話し方をしている。

「――話したくはないってことか」

「そ、そういうのではなくて……」

「じゃあ、話すべきだな。遠慮なんかしないで」

「……ズルいです、上長」

「伊達《だて》にギルド長はやってない」

部下の気持ちを察することは有能な上司の必須技能である。

普段と違う空気感を醸し出している部下がいれば、それとなく観察したり、周囲の人間から情報を得るのだ。そして、何か問題を抱えているならば、それを解決する手助けをする。ギルド長たるもの、常に万全な状態で職務を遂行してもらえる環境を作らなければならない。

俺の言葉に小さくため息をついたリリィさんが観念したように、言葉を紡ぎ出した。

「実家からまた連絡がありまして……」

「というと、ガスパーニの秘書になる話か」

俺の問いに彼女は頷く。

まあ、そうだろうとは思っていた。

リリィさんが頭を悩ませることなんて、それくらいしか思いつかない。

「両親としては何としてでも、あたしを大公殿下の秘書にしたいみたいで」

「ふむ」

「あわよくば結婚させようとまで思っているんですよ。そんなの無理なのに」

彼女は嘲るように小さく嗤《わら》った。

「どうせ殿下の愛人枠に収まるのが関の山だと思うんです。それなのに、両親は舞い上がっちゃっていて」

貴族の家らしい話である。

王族との関係を築けるならば、愛人でも何でも良いと考える風潮があるというのは、本部主催のパーティーで交わされていた世間話の中で知った。

「まあ、両親からすれば冒険者ギルドの受付をしている娘なんていないも同然なんですから、愛人枠だろうと何だろうと王族と仲良くできるきっかけにあたしがなれれば、それで良いんだと思います」

政略の道具に使おうとしているのは冒険者ギルド本部だけではない。

リリィさんの両親だって同じである。

「そんなことはないと思うが……」

とはいえ、一応フォローはしておかなければ。

「……ありがとうございます」

「しかし、それだけではないんだろう？　それだけなら以前と状況は変わらないし」

「はい。……この話を受けなければ両親はあたしを勘当するらしいです」

「ん？」

中々、重い発言があって、俺は一度ではそれを受け止められなかった。

「……勘当、だと？」

「はい。笑っちゃいますよねー。家を出てから一回も、たまには帰ってきなさいとか、そういうことを言われたこともないのに。勘当するとか……笑えます」

その言葉に反して、リリィさんは眉根を下げて俯き加減になっていた。寂しそうにわずかに上がった口角が彼女の表情に暗い影を落としている。

俺はかける言葉を失って、しばらく彼女を見つめていた。

「ごめんなさい……こんな話するつもりじゃなかったんですけど」

「いや、俺が訊いた訳だから。それにしても勘当とは――」

「両親は本気ですよ」

「だろうな」

個人の自由意思なんて貴族には存在しない。

優先すべきは家だ。

金持ちや権力者を羨む人間は多いが、その実態はこうも生き辛いものである。

「家の執事が直接手紙を渡してきましたからね」

「……」

「連れて帰られなかっただけマシですけど」

「リリィさんはこれからどうするつもりなんだ？」

「……両親の説得は無理かなと思います。だから、無視するしかないのかなって」

「無視できるのか？」

「できますよ。その結果は家族の縁を切られるってだけですから」

切られるだけ。

簡単に彼女は言うが、そこにある寂しさや悔しさは計り知ることのできるような底の浅いものではないだろう。

親から縁を切られる気持ちとは――だが、その一方で子の縁を切る親の立場を俺は想ってしまう。

「元々、貴族の娘っぽくない振る舞いをしていたあたしのことを疎んでいたんですよ。大公殿下からの誘いを渡りに船って感じで、言うことを聞かないあたしを手放そうとしているに違いません」

傷口からどろっとした膿《うみ》があふれ出すように、リリィさんの心の中に溜まっていた両親への不信の澱《おり》が露出した。

俺は何も言わない。

何かを言ったところで、リリィさんが歩んできた人生の道のりをひっくり返せるようなことは出来ないだろう。

だったら、何も言わない方が良い。

「すいません……先に戻ります」

席を立ち上がり、彼女はそそくさとその場を立ち去った。

リリィさんは泣いていただろうか？

俺はため息をつきながら、テラス席へと視線を移す。

先程まで人で混雑していたそこには誰もいなくなっていた。どうやら小雨が降り始めていたようである。空は明るいのに不思議な雨だった。

誰もいないテラス席を眺めながら、俺は残っているパフェにスプーンを伸ばす。

すでに溶けきったそれは生ぬるく甘ったるくて仕方ないが、残してしまうのももったいなく全部食べ切ることにする。

結局、パフェを食べ終えても雨は降り止まなかった。

俺は会計を済ませて、小走りでギルドへと戻っていく。

雨の道に人の姿はあまりなく幾分、走りやすかった。

「あ、童貞おじさん」

と。

聞き慣れた声に立ち止まれば、スズさんが小ぶりの傘を広げて立っていた。背中にはバックパックを背負っている。

「やあ」

「この時間に外で会うなんて珍しいねん」

「ちょっとな……」

俺はリリィさんとの個人面談をしていたことを話す。もちろん内容は伏せたが……。しかし、スズさんは俺の話を聞いて、訳知り顔で頷いた。どうやら事情は知っているようである。

「リリィちんも大変ですん」

「そうみたいだな」

「童貞おじさんは何かしてあげないん？」

「どうだろうか」

本部経由からの圧力ならいくらでもはね返せるが、リリィさんとご両親の問題に首を突っ込むことはしない方が賢明だろう。

リリィさんだって、ちゃんとした大人なのだから。

「……何もしなくてもいいねん。ただ、リリィちんの味方ではいて欲しいねん」

「ああ、それはもちろんだ」

味方とはいえ、何を出来るかは分からないが。

俺の答えを聞いたスズさんがにかっと白い歯を見せつけた。

「良かったですん。それならちょっと安心ねんなあ」

彼女はそう言うと、立ち去ってしまった。この後、新しい仕事の面接があるらしい——本当に働き者である。

「さて、俺も戻るか」

再び小雨の中を俺は走り出した。

雨は先ほどよりもやや弱くなりだしている。

☆

執務室の窓から見える夕方の街は、灰色の絵の具を溶かした水のように沈んでいた。

「雨、止んでるな」

終業のベルはつい今しがた鳴り終えたところである。

「あれ、ギルド長。定時帰りですか？」

秘書が書類整理の手を止めて、俺に視線を向けてきた。

「まあ」

「珍しいですね……」

「そうか？」

「先月残業しなかった日は？」

「……二日くらい」

「つまり、そういうことです」

「確かにそんな奴が残業をしなかったら、珍しいか」

俺は鞄に荷物をまとめて帰り支度を急ぐ。

「——本部への連絡は明日にしますか？」

「急ぎじゃないしな」

「分かりました」

喫茶店からギルドに戻ってきた俺を待っていたのは、冒険者ギルド本部からの再度の要請だった。添え書きまでしてあって、俺の出世を案じる（脅しとも取れる）内容であった。もちろん、俺は自分の保身に興味はないので無視したが。

「また雨降ってくるかもしれないですから、傘は持って行った方がいいですよ」

「そうだな」

「お気をつけて」

「ああ」

執務室の出入り口に置いてある傘立ての中から、置き傘を一本取り出して、俺は帰路につく。とはいえ、目的地はすぐ下の階――受付である。

終業時間になって、まだ五分程度だろう。

まだリリィさんが残っているはずだ。

俺は階段を降りて、受付へと向かう。

「――すまないが、リリィさんは？」

俺を認めて、作業をしていた受付嬢の一人が思い出すように視線を上に向ける。

「えーと、確か、ベルが鳴ってすぐに飛び出して行ったと思います。今日は傘を持ってき忘れたから、雨が止んでるうちに帰るって言って」

「あー、そうなのか……」

ついてない。

黙り込んでしまった俺に対して、受付嬢が不安げに訊いてくる。

「何かリリィさん、やらかした感じですか？」

「いや、そういう訳じゃないんだ。明日でも大丈夫な用件だから」

「そうですか。じゃあ、明日リリィさんにギルド長が来たことを伝えますね」

「……よろしく頼む」

何食わぬ顔で俺はギルドのエントランスを抜けて、外へ出る。

湿った空気を肺いっぱいに吸い込んで空を見上げれば、一面にどんよりとした暗い雲が低く垂れ込めていた。

「また一雨来そうだな……」

俺は傘を小脇に抱えて、帰宅途中の人でごった返している道を走り出す。

☆

「あー、ついてない……」

止んでいた雨が再び降り出してしまった。

あたしは歩くのを諦めて、雨宿《あまやど》りすることを選択する。自宅まではまだまだ遠いのだ。濡れて帰ることを選ぶのはどうしても躊躇してしまう。

しばらく小走りで移動すると、パン屋さんの軒先がちょうどいい感じに空いていた。ショーウインドウ越しに店の中にいる店主に会釈をすると、ニコニコして頷き返してくれた。

ひとまずあたしはそこで雨をやり過ごすことにする。

ピチョンピチョンと可愛く足元で跳ねる雨粒を眺めながら、ほぅと息を吐く。

「……どうしようかな」

ここ最近、頭を悩ませていることを思うと、雨による憂鬱さ加減にも拍車がかかる。

「秘書なんか、やりたくないし」

足元の小石を靴のつま先でいじりながら、あたしは漏らす。

冒険者になりたくて、でもなれなくて。

諦めがつかないから冒険者ギルドで冒険者に関わる仕事をするために家を飛び出して。

ようやく仕事にも慣れて、充実してきたと思ったのに。

日が暮れているせいか空の暗さは増している。鳥の鳴き声が遠くから聞こえてくる。

店先の街灯にも明かりがついた。

道を行き交う人は傘を手に持って歩いている。歩いていないのはあたしだけだ。

雨のせいで視界はぼんやりしている。

「…………」

寒くはないけど、なんとなくあたしは自分の細い腕をもう片方の手で摑んでしまう。

仕事を辞めて、親の言う通りにすべきなんだろうと思う。

受付嬢の仕事だってずっとは続けられない。

いつかは仕事を辞める時は来る。大抵は結婚して辞めていくか、それか他の職業に転職するかのどちらかだけど。

あたしの場合、今がその時であるに過ぎないのだ。

思っていたよりも早くて、不本意ではあるけれど。

今までずっと好きなようにやってきたのだし、お父さんお母さんの言うことを聞くべきなのかもしれない。もしかしたら。

もう子供ではないから、今、受けている秘書の話がどれだけの価値あることなのかも理解できる。

王族のお近づきになりたい貴族の娘なんて掃いて捨てるほどいるだろう。

けれどもあたしは――。

「本当についてないなあ……」

何で今なんだろう。

仕事もいい感じで、それに恋だって。

恋だって、今、あたしはしているのに。

全部諦めなきゃいけないのだろうか。

でも、諦めたくはない。

「――」

ふと目の前に影があるのに気がついて視線を上げると、傘を差したジロルド上長があたしの前に立っていた。パン屋の明かりが上長の顔を照らしている。頬が上気しているのは走ってきたからだろうか。

「どうして……」

掠《かす》れて喉に引っかかったような声が聞こえた。

「あ、いや、昼間、喫茶店で言いそびれたことがあったというか」

「言いそびれたこと?」

「ああ」

雨粒がポトポトとジロルド上長の傘を叩いては弾ける。

「言いそびれたというよりは伝えておきたいことがあるんだ」

「何ですか？」

あたしが問うと、ぽりぽりと上長は自分の頬をかきながら、秘密の話を聞かせるように言った。


「――俺はリリィさんの味方だ」


ジロルド上長はそれだけを言うと、恥ずかしそうに俯いてしまう。

「それを言いに……？」

「ああ」

「味方、ですか……」

一体なんだって言うのだろう。

急にお腹の底の方から熱い何かがドロッとして動き始める。

「君は君のやりたいように、生きたいように生きれば良いと思うんだ」

「そんな……そんな勝手なことを言わないでください」

あたしは自分の口から出て来る言葉に驚いた。

何を上長に言って――。

「生きたいように生きればばって、そんな簡単に言わないでください。あたし、親の言うことを聞かないと縁を切られてしまうんですよ。そんな、そんなの、あたし、無理です……無理なんですよ。あたし、受付嬢を辞めて、秘書の仕事をしようと思います」

口走る言葉は偽らざる本音だ。

冒険者の力になりたいと思ってしている仕事は、家族を失ってまで貫くべきことなのか。

あたしの言葉に上長は絶句しているように見えた。

けれども、その人は暗闇の海に一人立つ岬の灯台のようにあたしの前に立ち現れる。

「——勝手なんだろうなあ。俺は勝手に君に夢を見ている」

静かに微笑む上長は、汗でずり落ちてきた眼鏡を右手の中指で押し上げた。

「冒険者のために日々の業務に励む君は、俺の理想とするギルド職員の在り方だ。そんな君に俺は仕事を辞めて欲しくはない」

「……お言葉は嬉しいですけど」

「冒険者を支えたいというリリィさんの気持ちは本物だろ？」

「…………」

「俺はそれを貫いて欲しいと思っているんだ。君の想いはとても素敵なものだと思うから」

「無理ですよ」

「覚悟を決めれば無理じゃない」

ジロルド上長はいつもの声音でそう言う。

「覚悟って……ひとりぼっちになる覚悟ですか？」

「いや、自分の想いを、願いを貫く覚悟だ。君は既に一度はそれを手にしていたはずだ。今は家族の縁が切れるかどうかという話で揺らいでしまっているが――それに君はひとりぼっちになんかならないさ」

「……何で、そんなことが言えるんですか？」

「――それは、俺がそばにいるからだ」

「えっ」

そんな言い方されたら、あたし勘違いしちゃいますよ……。

「君の想いは正しい。そして、俺はそれに共感している。俺だって、冒険者のために今の仕事を全うしたいと考えているんだ」

上長は顎に手を当て、言葉を探す。

「だから、その、君が家族から縁を切られたとしても、なんだ、俺がそばにいるって話だ」

「上長がですか？」

勘違いしてもいいですよねっ!?

それってまるでプロポーズ――。

「同志としてな」

「…………」

……ですよねー。

同志って、何でしょうか。

夢を追いかける仲間のことですよね。

ははっ、分かっていましたよ、プロポーズは絶対に違うって……。

「ジロルド上長にそこまで言ってもらえて、あたし嬉しいです。でも、無理なものは無理ですよ。あたし、受付嬢辞めます」

真面目な話。

家族を捨ててまで続ける仕事なんてないはずだ。

ずっと反抗し続けてきたけれども、それでもあたしにとっては大事な両親であることに違いない。

あたしは想いを振り切るように軒先から出て行こうとする。

逃げて行こうとするあたしの腕を、ジロルド上長は掴んだ。

「そうやって、泣きながら諦めて、これからずっと生きていくのはしんどくないか？」

「…………」

泣いてなんかいない。

上長はきっと何かを見間違えている。

「諦めの涙は骨になっても乾かないぞ」

「……何ですか、それ」

「――冒険者の心構えだ」

ですって。

知ってますよ。

それは色々な冒険譚で危機に陥った冒険者たちが自分の心を奮い立たせるために口にする心構え。

子供の頃に読んだ冒険譚には必ずといっていいほど出てきた教えだ。

布団の中で何度、気持ちが昂《たかぶ》ったことか。

「戦って泣くか、逃げて泣くか。自分で決めるんだ」

「そんなの……」

「君の人生だろう」

突き放すような言い方をするのはわざとに違いない。

あたしに決めさせるために。

上長はズルい。

「あたし――本当は受付嬢の仕事、続けたいです……」

「そうか」

「上長……」

自分の気持ちを口にしたことで、もう涙腺が崩壊した。

壊れた水道管のように止めどなく溢れ出てくる涙は頬を伝って、地面に落ちていく。

「だったら、君は君の意志を貫くべきだ。俺はリリィさんの味方として、支えていくよ」

「ありがとうございます」

泣きながらあたしは頭を下げる。

上長は、そっと肩に手を置こうとして、それをやめた。

あたしは涙を指で拭いながら訊く。

「……肩に手を置かないんですか？」

「いや、それじゃあ、セクハラになるかと思って」

「………」

上長らしいなと思いつつも、あたしは上長をジト目で見つめてしまう。

「そこは肩に手を置いて、慰めの言葉の一つでもかけましょうよ」

いい雰囲気だったのに。

「……いや、それはやっぱり良くない気がするのだが」

「はあ、途中まではカッコイイ感じだったんですけどね……」

「本気のため息を吐かないで欲しいのだけど」

落ち込む上長の様子にあたしは、思わず小さく笑ってしまう。ちょっとからかってみたくなった。

「キスまでした仲じゃないですか！」

「なっ——あれは、その、あれだ」

「何ですか、あたしとのキスは遊びだったんですか!?」

「あ、遊びっ!?　いや、そんなつもりじゃないが……」

「ふふっ、スズじゃないですけど、上長はからかい甲斐のある人ですね」

「むっ……」

あたしにからかわれていたことに気がついた上長は顔をしかめるが、それでもフッと頬を緩めてあたしに言った。

「リリィさんに元気が戻ってよかったよ」

「はい。自分の進むべき道が見えたので」

「それじゃあ、俺はこれで帰るとしよう」

「え、せっかくだからご飯とか食べて行きませんか？」

「いや、この後家で書類仕事しないとだから」

「あ……そういえば、今日は残業してないんですね。珍しい」

「君に伝えるためにね」

「あはは……本当にありがとうございます」

「いや、大事な職員を慰留できたんだから、俺としては万々歳だ。明日からもよろしく頼むぞ」

そう言った上長は傘を持っていないあたしに傘を差し出した。

「送っていくことは出来ないが……明日返してくれればいいから」

「え、悪いですよ」

「気にするな。俺の家はすぐそこだ」

半ば強引にジロルド上長があたしに傘を手渡し、雨が降る中を駆け出して行った。

雨に烟《けぶ》る街の中、上長の背中が見えなくなるまであたしは見送る。

☆

風邪を引いた。

昨日はリリィさんの味方宣言をし、気恥ずかしさを紛らわせるために家まで全力疾走をしたがゆえに、雨に濡れた冷たさが俺に風邪をもたらした。年甲斐もなく青臭い言葉を口にしたのに、どうやら俺はもう若くはないようだ。若ければあの程度の雨は全く平気だったというのに。

それでも寝込むほどではないゆえに、今日も俺は出勤している。

出来れば簡単な書類仕事だけで一日やり過ごせないかと、長期休暇最終日まで宿題を残している学生の楽観に似た気持ちでギルドに赴けば、俺を待っていたのは厄介ごとの一言だった。

応接室の中央。

上座にガスパーニ大公殿下がお座りになっていた。

「だから、訊いているのだよ。なんでリリィちゃんはわしの秘書になりたがらないのかと?」

「ですから、何度もご説明している通り、彼女は受付嬢の仕事を続けたいと考えていますので——ガスパーニ殿下のご厚意には感謝しつつも、辞退させて頂きたいと」

いつまで待っても自分の秘書にならないリリィさんにしびれを切らして、王都からわざわざ〈塔の街〉くんだりまでガスパーニがやってきたのである。

直に会って話せば、翻意させることが出来ると踏んだのだろう。

幸か不幸か、ガスパーニがギルドを訪れたのがちょうどリリィさんの昼休憩のタイミングだった。

不在の彼女に代わって、俺が応対していた。

「意味が分からん。王族たるわしの秘書になれるのだぞ？　どうして受付嬢などという仕事にこだわる？」

おもちゃを買い与えられなかった子供のように憤慨しているガスパーニを、俺は冷めた目で見ていた。

「……人には人の価値観がありますので」

「ヒィッ」

言いたいことをグッと抑えれば、自然と声音は低くなってしまう。

ついでに眉間にも力を込めてしまうに違いない。

「……ギルド長、顔が怖いです」

応接のための茶菓子を用意していた秘書がそっと耳打ちする。

「あ、あぁ……すまない、助かる」

気を取り直して、ガスパーニが俺を値踏みするように見た。

「分からないと言えば、ジロルド君。君もわしには分からない」

「と、仰いますと？」

「君は状況を理解していないのかね？」

「つまり――？」

「もしも彼女を翻意させられなければ出世話が消えるということだよ。君が本部に栄転するのは、ほぼ確実だというのに、つまらないことでそれをフイにはしたくないだろうに」

「本部への栄転ですか……」

全くもって興味のない話ではあるが、世間話というのは興味のない話題にも付き合うことで成り立つものである。

というか、この男、直接的に俺に圧力をかけてないか？

「栄転どころか、左遷の可能性も出てくるなあ」

「そうですか」

「南の島国、それか北の山奥か――」

この程度の脅しに俺は屈しない。

茶菓子の用意が終わった秘書が退室する。その後ろ姿を品のない眼差しで見つめていたガスパーニが口を開く。

「君だって、理解のない男ではないのだろう？　あんな美人をそばに置いておくくらいだからな」

「美人だから秘書にしている訳ではないですよ。彼女は有能だから、私のそばにいる」

「ほう……」

用意された茶をすすりながら、ガスパーニはしばらく口を閉ざした。

次に開かれた時、彼の言葉には明確な敵意が込められていた。

「君がどう足掻《あが》こうとリリィちゃんはわしの秘書になる。賢い選択をしたまえよ」

「賢い選択ですか……ふっ」

あまりにも小悪党染みた言葉を口にする大公殿下に、俺は思わず嗤ってしまう。

「何がおかしい？　わしに対して無礼だろう」

「無礼なのはあなたの方だ、ガスパーニ大公殿下」

「なっ！」

「リリィさんを――俺の大切な部下であるリリィさんを、あなたのような男に渡すつもりはないっ!!」

俺は明確に自分の意思を示す。

風邪のせいで全身が気怠いが、今は逆にそれが威圧的な雰囲気を醸し出すのに一役買っているようであった。

ガスパーニが気圧されたように上半身を仰《の》け反らせている。

と、同時にその視線が出入り口の方へと注がれていた。

振り返ると、そこには肩で息をしているリリィさんが立っている。

「リリィさん……」

☆

昼休憩を終えてギルドに戻ってくると、ちょうどジロルド上長の秘書の方がエントランスを通り抜けていこうとしていた。

「あ、リリィさん――」

あたしを認めて、彼女が近寄ってくる。

「え、えーと？」

「ガスパーニ殿下がいらしてます」

「へ？」

予想外の言葉に、自分の目が点になるのを感じた。

「今は応接室でギルド長が対応していますが――ちょっとまずいことになっていまして」

「まずいこと？」

「はい」

頷いて、秘書の方は応接室で今、どんな会話が繰り広げられているのかをあたしに説明してくれた。

「――そ、それじゃあ、上長の出世は」

「なくなりますし、場合によっては左遷されることになるかもしれません」

それを聞いて、あたしは居ても立ってても居られなくなり、応接室へと駆け出した。

エントランスを抜けて、一階奥にある小部屋がそれだ。

木の扉のドアノブに手をかけると、中の会話が漏れ聞こえてくる。

「……さんを――俺の大切な…………リリィさんを、あなたのような男に渡すつもりはないっ!!」

へっ……。

じょ、上長があたしのことを『大切なリリィさん』って言ってる。

昨日は同志だと言われてしまったけど、本当のところは違うのかもしれない。

嬉しさと驚きに心臓がかき混ぜられているような感覚に陥りながら、あたしはドアノブを捻った。

扉を開けると、ジロルド上長とガスパーニ大公殿下がソファに腰掛けながら対峙していた。

「リリィさん……」

振り返った上長は、感情的になっているせいか熱っぽく潤んだ瞳であたしを見てきた。

「……ジロルド君。君の考えはよく分かった」

そう言って立ち上がったガスパーニ殿下は、ゆっくりとあたしの方へと歩いてくる。

「だがしかし、わしにはわしの意地がある」

そう言って、殿下があたしの髪を無作法に掴んできた。

「痛っ……」

あたしの小さな悲鳴を無視して、殿下は上長に振り向いて捨て台詞を口にした。

「よくよく自分の言動を覚えておくがいい。あとで後悔する時、お前はつまらぬ意地で身を滅ぼしたと思い出すのだから」

「後悔なんかしませんよ——その手を退《ど》けてください。彼女、嫌がってますよ」

「ふんっ」

乱暴に髪を手放したガスパーニ殿下は応接室を出て行く。

決して急がないその足取りは、王族である余裕を感じさせるに十分だった。そして、これから巻き起こるであろう波乱を思い起こさせた。まるで海に嵐を呼ぶ海神のようである。

「大変なことになっちゃってますね」

「君のおかげでな」

苦笑しながらジロルド上長はソファに背中を預ける。

「……あたしのことを、守ってくれてありがとうございます」

「ギルド長として当然の務めだ」

そんなことを言って、上長は瞼を閉じた。

あたしはソファに座るジロルド上長のそばに近づく。

「またまたそんなこと言って――さっきの『大切なリリィさん』っていうのは胸にグッと迫るものがありましたよ！」

そんなことを言いながら、座っている上長の様子がおかしいことに気がつく。

「あ、あれ？」

心なしか呼吸が荒いような。

顔も赤いし、えっ、これってまさか。

恐る恐るといった手つきで、あたしは上長の額に手を伸ばす。

「あつっ……」

どうやら上長はものすごい風邪を引いているようだった。

エピローグ

高熱のために早退して、気がつけばベッドに潜り込んでいた俺を看病してくれたのはリリィさんだった。

あれ、こんなシチュエーション、つい最近経験したような——。

いや、今は頭がぼうとしていて何も考えられない。

俺の世話を甲斐甲斐しくしてくれているリリィさんは心なしか浮かれているような気がする。

「『大切なリリィさん』、『大切なリリィさん』、ふふーん」

調子外れの鼻歌を歌っていて何だか怖いのだが、まあどうしようもない。

「あ、目を覚ましたんですね♪」

「ああ……」

「気分はどうですか?」

「まあまあかな」

顔まわりの汗をタオルで拭いながらリリィさんは鼻歌を歌い続ける。

「上機嫌だな?」

「えへへ。だって、上長があたしのことを『大切なリリィさん』って言ってくれたので」

「……？」

リリィさんの喜ぶツボがよく分からない。

喉が渇いていたので、リリィさんに頼んで水を持ってきてもらう。コップ一杯ぶんの水を俺はチビチビと飲む。

「ところで上長」

「ん？」

「あたしたちの結婚式はいつしますか？」

「ぶほぉっ!?」

むせ返りながら、俺はリリィさんを見る。

正気か？

正気なのか？

「結婚式？　……何だそれは」

「えー、だって、上長、あたしのことを『大切なリリィさん』って、ガスパーニ殿下に渡さないって啖呵《たんか》切ってたじゃないですか！」

「ああ、あれは」

「すごいかっこよかったです！　あたし、ドア越しに聞いてましたけど、胸がドキドキしてたまらなかったですもん」

「いや、あれはだな――」

「ずっと、支えてくれるんですよね？」

「へ？」

「あたしも上長のことを支えます！　たとえどんな僻地に飛ばされようとも、あたしは上長についていきますから」

「いやいや……」

「なので――この婚姻届にサインをお願いします」

「用意がいいなあっ!?」

リリィさんが取り出した婚姻届の用紙を眺めながら、俺は天井を見上げる。いや仰向けになってるんだから、見上げるも何もないのだけど。

「リリィさん――君は何かを誤解している」

俺はそう言って、アリシアとの関係や自分自身の気持ちを伝えた。

「え……それじゃあ、アリシアさんと恋人になると？」

「まあ」

しかし彼女の反応は予想の斜め上のものだった。

「別にいいんじゃないですか？」

「へ……」

「だって、貴族の家なら正妻以外に女性を囲うのは普通のことですし。あたしのお父さんも愛人いますよ」

「………………」

えーと、つまり？

「あたしが正妻で、恋人というか愛人枠にはアリシアさんで良いんじゃないでしょうか」

「何を言っているんだ……」

「普通ですよ、普通」

普通という言葉で押し切ろうとするリリィさん。

「というか、支えてくれるって言ったじゃないですか！　あたし、これから家族に縁を切られちゃうんですよ！　そのあたしを支えるって、つまり家族になろうよって意味ですよね!?」

「違う、違うぞ、リリィさん!!」

確かにひとりぼっちにはしないとは言ったけど！

人生、丸抱えするとは一言も言ってないぞ！

「というわけで、早速、夫婦的行為をしようと思います」

「な、何をっ」

言うが早い、リリィさんが風邪で寝込んでいる俺の上に馬乗りになってくる。

「ふっふっ……弱っているところを攻めるのは気が引けますが、ジロルド上長は何となく既成事実に弱そうな気がしますので、この際、手段は問いません！」

「手段を問うてくれ！」

俺の貞操が危うくなりかけた時、部屋の扉が開け放たれた。

「ジロルドさん、風邪で倒れたと聞きましたが、大丈夫ですか!?」

「童貞おじさん、お見舞いに来たですん」

部屋の鍵を持っているアリシアと果物を手に持ったスズさんが部屋に入って来た。

「ジロルドさん――」

ベッドの上で俺にまたがるリリィさんを見つけて、アリシアが固まる。

「むむむっ……これはエッチな現場ですん。入るタイミング間違えたねん。ごめん、リリィちちん」

スズさんがいつものニヤニヤ顔でこちらを見ていた。

「何をしているんですか、リリィさん!!」

と、衝撃《ショック》から意識が戻って来たアリシアが、リリィさんに噛み付く。

「看病ですよ」

「どこの世界に馬乗りになっての看病があるんですか！」

「我が家ではこれが普通です」

一体、どこの世界線の話だろう。

病人に馬乗りとか、嫌すぎる……。

「というか、あたしがジロルド上長の看病をするのは当然です」

「何を言うかと思えば――」

あ、リリィさん、ダメ。

それ言ったら、ダメなやつだから！

「だって、あたし、ジロルド上長と結婚しますから！」

リリィさん、渾身《こんしん》のドヤ顔を披露。

対照的に、アリシアは顔から生気を失っていく。目からハイライトが失われていく様子を見るのは心苦しいを超えて、何かこう申し訳なくなる。

「ジロルド、さん……？」

いやいや。

そんな瞳で見つめてこないでほしい。

「童貞おじさん、結婚するん？　だったら、ボクは第一愛人枠で！　アリシアちんは第二ねん」

「第一も第二もないですっ!!」

スズさんとアリシアがギャーギャー騒いでいる。

……ああ、頭が痛い。

風邪がどんどん体調を悪化させているようだ。

まったくもう……。

俺はただ恋がしたいだけなのに。

結婚なんて考えられないのだけど？

けどまあ、リリィさんの笑顔が見れるのは少しだけ良いかなと思ったりして。

終わり

巻末書き下ろし　おじさん、相部屋は誰とする？

王都からの帰路。

行きは急いでいたのもあって空路を利用したが、帰りはのんびり帰りたいという俺の希望に合わせて、俺たちは鉄道にて王都から〈塔の街〉へ帰っていった（別に高所恐怖症だから飛竜船を避けた訳ではない、と俺は断言したい）。

飛竜船ではあっという間の旅路ではあったが、鉄道を利用するとその道は長く遠いものになる。

俺たちは寝台列車を利用することになった。

そこで問題が発生する。

「……誰が童貞おじさんと同室になるのか。これは重大な問題ですん」

スズさんが、まるでこの世の終わりかのような重い口調で言った。

急に列車の手配をした俺達は、個室のチケットを手に入れることが出来ず、二人で一部屋という振り分けになってしまった。

駅のホームで寝台列車を待つ間、俺達はその振り分けについて話し合っていた。

「いや、そんな大した話じゃないだろう？」

「いいえ、ジロルドさんは事の重大さに気がついていないだけです。長旅で同室になるというのは、それだけアピールチャンスがあるということじゃないですか」

アリシアが真剣な眼差しで俺を見つめてくる。

「お、おおう……」

「こういう場合はやっぱり、ギルドの人間同士が同じ部屋になるべきですよ」

と、リリィさんが話題に加わってくる。

「ちょ、リリィちゃんっ!?」

スズさんが餌を取り上げられた猫のように目を丸くした。

「いや、だって、冒険者と何か間違いがあったら問題じゃないですかぁ?」

わざとらしい口ぶりだが、正論なので俺から言うことはない。

「その点、同じギルド職員なら問題になっても問題にならないと言いますか」

「大いに問題あるねんっ！　出張中に上司と部下がイチャコラしてたなんて冒険者ギルドの醜聞でしかないですん！」

「へーきへーき」

「どの口が言ってるねん！」

と、二人が騒いでいるとコホンとアリシアが咳払いをする。

「それなら、いっそ日替わりというのはどうでしょうか?」

「「日替わり?」」

毎日、違う相手と同じ部屋で寝るのか……。

それは何ていうか、落ち着かない話だと思う。

「……もういいよ。俺が夜は食堂車なりで過ごせばいいだけの話だろ」

「ジロルドさんにそんなこと、させられないですよ」

「別に大したことじゃない。その代わり、昼間はベッドで寝かせてくれよ？」

これで万事解決のはず。

だが、スズさんは納得していない様子である。

「許されないねん」

「え、何が？」

「王都滞在中にリリィちんとか、アリシアちんは童貞おじさんとムフフなエピソードの一つや二つあったのに、ボクにはそれがないねんっ！」

むっふーと唇を尖らせるスズさん。

子供みたいだなと思いながらも、彼女が駄々をこねる理由は納得できるものだった。

「ムフフなエピソードかどうかは分からないけれど、スズさんとだって思い出は作れたと思うぞ？」

「そうやって丸め込もうとしてもダメですん」

ぷいっと横を向くスズ。

それを見ていたリリィさんがニヤッと笑う。

「あー、スズ。もしかしてヤキモチ焼いてるの？」

からかうような口調に、カッとスズさんが振り向く。

「そんなことないねん」

「そんなことあるように見えるけど？」

「くぅ……」

これ以上、喋ると墓穴を掘ってしまうと判断したのか、スズさんは黙りこくった。

そうこうする内に駅ホームに寝台列車がすべりこんでくる。

俺は肩をすくめて座っていたベンチから腰を上げた。

☆

結局、俺とスズさんが同じ部屋になり、夜の間はラウンジ車で過ごすことにした。

平原を進んでいく列車の中からは、果てしない地平線と夜の空の境界線が交わって見える。

深淵のような暗い空には小さいけれども鋭い光を放つ無数の星々があった。

「……結構冷えるな」

持ち込んだ本を、薄暗い明かりを頼りに俺は読んでいた。

乗務員から借り受けたブランケットで、身を包んではいるけれども夜の寒さは身体に堪《こた》える。

温《ぬる》くなったホットミルクを飲みながら、のんびりと文字を追っていく。

と、俺しかいないラウンジ車の入り口が開いた。

視線を向けると、そこにはブランケットを羽織ったスズさんが白い湯気を出しているカップを手にして立っている。

「スズさん？　寝たんじゃないのか？」

「童貞おじさん一人じゃ、寂しいかと思って」

「別に寂しくはないが？」

「……そこは『ありがとう』って言えばいいねん」

ふん、と小さく鼻を鳴らして彼女は、俺の隣のシートに腰掛けた。

「――星が綺麗ですん」

「だな」

俺はスズさんに構わず読書を続ける。

「……ちょっと、童貞おじさん」

「ん、何だ？」

「本を読んでる場合じゃないねん」

「どうして？」

「少し考えれば――いや考えなくても分かるねん」

「いや、さっぱりだが」

クイッと指でメガネを押し上げると、スズさんが呆れたような表情を浮かべた。

「――可愛くて、魅力的な女の子が隣に座ってるねん」

「ふむ」

「そしたら、男なら何をするか決まってますやん」

「んー……話しかける?」

「惜しい！　普通は口説くものですやん。なのに、何で悩むねん？　そして口説くじゃなくて話しかけるって、どんだけボクに興味ないねん」

「いや、そういう訳じゃ――」

ジト目のスズさんは、子供をしつける母親のように俺に言い聞かせる。

「星が綺麗ってボクが言ったら、童貞おじさんは『君も綺麗だ』くらい返さないと」

「え、それは無理なんだが」

そんな歯の浮くようなことを言えるなら、この歳まで独身はしていないよなあ。

「はあ……せっかく星が見えて二人っきりのいい雰囲気なのに、仕方ない童貞おじさんですやん」

「そんな呆れられても困るぞ」

「仕方ないから、朝まで隣にいてあげるねん」

「強引っ!?」

俺に密着するようにもぞもぞとスズさんが座る位置を調節する。

ブランケットでは感じられなかった温もりがそこにはあった。

「あったかいですやん」

鼻にかかる甘ったるい声で、スズさんはそう言った。

「……俺は本を読むぞ」

「お好きにするねん」

言われた通り、好きに本を読もうとするが、隣のスズさんから感じる女性特有の香りや肌の温もり、微かな吐息のせいで、俺は読書に集中することが出来ない。

しばらくして、俺は本を読むことを諦めて車窓から見える夜の平原を眺めることにする。

と、ラウンジ車のドアが開くとそこにはアリシアやリリィさんが立っていた。

「あー、やっぱりここにいましたね」

「スズが部屋にいないから探したんだよ？」

二人の登場にスズさんが天を仰ぐ。

「抜け駆けは許せませんね」

「ホテルで抜け駆けしようとしたアリシアさんが言うセリフではないですけどね」

二人が合流し、結局朝まで俺たちはそこで過ごすことになった。

皆一睡もしないという初日を終えて、俺達が出した結論は若干心苦しいが俺一人で部屋を使い、三人は窮屈でも仕方なしと二人部屋で寝ることにしたのである。

あとがき

というわけで、あとがきです。

あとがきは好きに書いていいと編集さんから言われているので好きに書いているのですが、1巻発売後にあとがきを見たときに「あれ、これちょっと文量多いような?」と思ってしまったことは僕と読者の皆様との秘密です。一応編集さんにも確認しましたが「大丈夫です、他の方もこれくらい書かれていますす」と言われたので、今回も気にせずガンガン書いていきましょう。


どうもお久しぶりです、清露です。

1巻発売から8ヶ月、こうして無事「転生してから40年。そろそろ、おじさんも恋がしたい。」の2巻を皆様にお届けすることが出来ました!

ドンドン、パフパフ、パチパチパチ。


2巻の刊行出来ます、と編集の増田さんから伝えられたときは嬉しかったですね。自分の作品の続きを書くことなんて、当たり前ですが僕の人生史上初めてですし、続きを書かせてもらえることの幸運に小躍りしていました。
ですが、初めての2巻刊行作業はなかなかプレッシャーの大きなものでした。……言うなれば全編書き下ろしですからね。（詳細はのちほど）
書ける自信はありましたが、書いた内容がアレだったら却下されるかもしれないなあと勝手に思い込んで心臓がドキドキしていましたね。
お盆休みに家に引きこもって、ひぃひぃ言いながら書いたのはいい思い出です。
そして2巻の書籍化作業が進行していく中で、素敵な経験をすることが出来ました。
本作がデビュー作なので当たり前ですが、人生初のコミカライズが決定しました！（『人生初』という響きは何度聞いてもたまらないですね）帯にもあるのでご存じかとは思いますが（笑）
自分の物語がコミックになる……「涼宮ハルヒの憂鬱」がアニメ化された頃からこの世界に触れてきた自分としては夢のような話です。
あとがきを書いている時点では、ネームを拝見させて頂いているだけなのですが、この時点でもうヤバいですね……（語彙力
鳥肌が立つと言いますか、作品の美味しいところをピンポイントで的確に拾ってもらえていて、コミカライズを担当してくださっているえむあ先生には感謝感激ですよ！
コミック担当の編集さんともお話はしていて、えむあ先生と一緒に思う存分やって欲しいと伝えていますのでコミックの方、大暴れしてくれると思います（笑）
コミック版「転生してから40年。そろそろ、おじさんも恋がしたい。」はこの3月から連載が始

まるはずなので、ぜひぜひチェックしてみてくださいっ!!（ＱＲコードから作品ページへ飛べるはず！）

えちえちエッチな仕上がりですよ～

余談ですが、ネームを読んでいると改めてジロルドって相当羨ましい男だよなと思ったり。自分で書いているときはそれほど感じないのですが。僕もあんな美人や可愛い女の子に言い寄られたい人生だった……。

閑話休題。

この辺で、本編に触れてみようかなと思います。

本編未読の方はご注意ください。

今回、書き下ろしということで（小説家になろう様で投稿しているので厳密には違いますが）、執筆前にどういうものを書こうかと編集さんとお話ししました。

1巻を買ってくださった方の傾向として、男性が多いとのことでしたので、じゃあ男の人が読んだら楽しめるものを書こうという方向性になりました。

1巻は男女どちらも楽しめるようにと、ちょっとバランスを取った感じですね。そこから舵《かじ》を切って男性向けにする、というのは頭の中を整理するのが結構大変な過程でした。作品が元々持っている良いところを失わないように、それでいて新しく良いところを作っていく。

今まで1巻完結の話しか作ってこなかった自分にとっては、初めての物語作りで大いに手こずりました。

形が見えたのは2巻の舞台が決まったときですね。美しい街の中でジロルドとヒロインズの物語が繰り広げられる——そんなイメージが浮かんだ瞬間、あっさりお話の筋が決まった感じです。

カバーのリリィが話のメインではありますが、アリシアとスズにも見せ場はありますし、ジロルドは相変わらず恋愛以外はデキる男です。

ちなみに王都のモデルはヴェネチアですね。言わなくても分かるって？　言わせてください、言いたいのが作家の性《さが》ってやつです。某ポケモン映画で水の都が描かれているのを見て以来、こういう街を舞台にした作品を創りたいとずっと思っていました。ヴェネチア、行ってみたいですねー。

そろそろ文字数的に終わりが見えてきました。

なので謝辞を述べさせてください。

まずはイラストレーターのぎうにう先生。今回も魅力的な絵を描いてくださり、本当に感謝です。カバーのリリィは細かいところまでしっかり描き込んでくださっていて、キャラたちが愛されているなと感じました。ありがとうございました。

次に担当編集の増田さん。今回も作品を良くするために色々とアドバイスをくださりありがとうございました！　夜遅くに電話をかけたりしてご迷惑をおかけしたこともありますが、これからも迷惑をかけ続ける予定なのでよろしくお願いします（笑）

そして、読者の皆様。1巻に引き続いて作品を購入、読んでくださったこと心より感謝致します。

今月からはコミックの連載も始まりますので、そちらのチェックもぜひぜひっ！

最後になりますが、この本に携わって頂いた皆様方に感謝感謝です。

重ね重ねですが、ここまでお付き合い頂き、本当にありがとうございました。

あなたにとって素晴らしい読書体験をこの本でお届けできたのであれば、それは清露にとって望外の喜び。

また次の物語でお会いしましょう。

それでは失礼いたします。

転生してから40年。そろそろ、おじさんも恋がしたい。 2

発行 ―――――――― 2020年3月14日 初版第1刷発行

著者 ―――――――― 清露

イラストレーター ―――― ぎうにう

装丁デザイン ――――― 冨永尚弘（木村デザイン・ラボ）

発行者 ―――――――― 幕内和博

編集 ―――――――― 増田 翼

発行所 ―――――――― 株式会社 アース・スター エンターテイメント
〒141-0021 東京都品川区上大崎3-1-1
目黒セントラルスクエア 5F
TEL：03-5561-7630
FAX：03-5561-7632
https://www.es-novel.jp/

印刷・製本 ―――――― 図書印刷株式会社

© Seiro / Giuniu 2020 , Printed in Japan

この物語はフィクションです。実在の人物・団体・事件・地域等には、いっさい関係ありません。

本書は、法令の定めにある場合を除き、その全部または一部を無断で複製・複写することはできません。

また、本書のコピー、スキャン、電子データ化等の無断複製は、著作権法上での例外を除き、禁じられております。

本書を代行業者等の第三者に依頼してスキャン、電子データ化をすることは、私的利用の目的であっても認められておらず、著作権法に違反します。

乱丁・落丁本は、ご面倒ですが、株式会社アース・スター エンターテイメント 読書係あてにお送りください。

送料小社負担にてお取り替えいたします。価格はカバーに表示してあります。

ISBN 978-4-8030-1380-1